追猎之夜
The Mystery Cave

【美】保罗·哈钦斯（Paul Hutchens）著
阿古 译

新世界出版社
NEW WORLD PRESS

图书在版编目（CIP）数据

追猎之夜 /（美）哈钦斯（Hutchens, P.）著；阿古译. —北京：新世界出版社，2013.8
（糖溪帮探险记. 第2季；7）
ISBN 978-7-5104-4320-6

Ⅰ.①追… Ⅱ.①哈… ②阿… Ⅲ.①儿童文学－中篇小说－美国－现代 Ⅳ.①I712.84

中国版本图书馆CIP数据核字（2013）第111065号
北京版权保护中心海外图书版权合同登记号：图字01-2013-3768号

Originally published in the USA under the title "The Mystery Cave"
Copyright © 1943, 1997 by Pauline Hutchens Wilson
Published by Moody Publishers
820 N. LaSalle Boulevard
Chicago, Illinois 60610

糖溪帮探险记（第二季）
7　追猎之夜

作　　者：	[美]保罗·哈钦斯（Paul Hutchens）
译　　者：	阿　古
绘　　图：	钱友梅　田　可
特约编辑：	阿　明　李艳婷
责任编辑：	杜　力
责任印制：	李一鸣　孙传珍
出版发行：	新世界出版社
社　　址：	北京西城区百万庄大街24号（100037）
发 行 部：	(010) 6899 5968　(010) 6899 8733（传真）
总 编 室：	(010) 6899 5424　(010) 6832 6679（传真）
http:	//www.nwp.cn
http:	//www.newworld-press.com
版 权 部：	+8610 6899 6306
版权部电子信箱：	frank@nwp.com.cn
印　　刷：	环球印刷（北京）有限公司
经　　销：	新华书店
开　　本：	889×1194　1/20
字　　数：	380千字　印张：33.25
版　　次：	2013年8月第1版　2013年8月第1次印刷
书　　号：	ISBN 978-7-5104-4320-6
定　　价：	90.00元（共6册）

版权所有，侵权必究

凡购本社图书，如有缺页、倒页、脱页等印装错误，可随时退换。
客服电话：（010）6899 8638

作者女儿的一封信

你好！我是糖溪帮的一员！

不过我不知道自己究竟是哪一个。表现好的时候，我是小吉；调皮捣蛋的时候呢，有时是比尔·柯林斯，有时甚至是顽皮的诗集。

其实，我是保罗·哈钦斯的女儿，从爸爸动笔的那天开始，我就经常听他朗读手稿，跟着他去明尼苏达北部的森林，去科罗拉多，还有别的地方，为糖溪帮寻找各种各样的事情做。

光阴似箭，一转眼50多年过去了。父亲已回天家，而糖溪帮依然活跃，全套36本书仍在印行，我还为当今读者新添了我的5个孩子的故事，他们是20世纪50年代到70年代成长起来的。

现实中的糖溪位于印第安纳州，而糖溪帮的人物原型就是我的父亲和他的6个兄弟。

保利娜·哈钦斯·威尔森

译者的话

　　我自己小时候，也是个调皮的男孩子，因为爸爸喜欢看某些小说，所以，我从小就跟着爸爸读书，从小人书、小说读起，养成了爱好阅读的好习惯，变得喜欢思考。这个时静时动、时而冷静时而调皮的我，正巧也生活在农村，小时候还当过孩子王——领着一帮小孩子，沿着小河边摘芦叶、钓龙虾、捉迷藏，有时候也免不了会打点小架。所以，读糖溪帮的故事时，我在每一个男孩身上都看到了自己的一点影子：安静、乐于思考的小吉，顽皮好动的比尔，胖胖的、爱开玩笑的诗集，呆呆的、常常口无遮拦的蜻蜓，成熟、担任头儿的大吉，好动甚至有点多动的杂耍。细细读来，仿佛童年再现。

　　童年时除了玩耍，其实，我们也在学习长大，而长大并不只是年纪的增长。糖溪帮的孩子无疑是幸福的：他们有温和但不溺爱的父母，有和蔼的帕老头，有颇为严厉但正直理智的老师。当然那里也有坏蛋，有烦恼，甚至有冒险和危险，但糖溪帮的孩子认真快乐地生活着，这认真和快乐，正是童年里最可贵的。

　　我相信，这套书肯定能让小孩子增长不少勇气，勇气也是小孩子成长最可贵的养料。

你们的大朋友阿古
2013年2月14日

糖溪帮主人公自我介绍

我是丹尼尔·奥古斯特·布朗。我真是不明白父母为什么给我起这么个冗长的名字，我还是喜欢朋友们叫我"**杂耍**"。我天生好动，能翻筋斗，爬起树来赛过猴子。这可能有点夸张了!别人都说我是块杂技演员的料，不过，我可对杂技没兴趣，我最喜欢唱歌了，我愿意用歌声来荣耀赞美造我的那一位。

这是我——威廉·贾斯帕·柯林斯。我只是个普普通通的男孩子，连外号都没有，只有个小名，**比尔**。我有个梦想：长大想当一名医生。

我是"**大吉**"，帮里的人都听我的，可能是因为我比较强壮吧。我曾经参加过童子军，学过不少本领。比如，有人流血不止的时候，我能做止血绷带；我还能打21种绳结。我喜欢运动，特别是打棒球，最讨厌以强欺弱，谁要是敢这样，我一定会把他痛扁一顿。

我是罗伊·吉尔伯特，从我的相貌上，你不难猜出我的外号吧。对，就叫"蜻蜓"！我有一双大眼睛，每次有新情况，我都是第一个看见的。不知为什么，在我眼里，什么东西都比原来的大一倍。我喜欢别人叫我"蜻蜓"！

我是莱斯利·汤普森，大家都管我叫"诗集"，因为我常常会诗兴大发。我长得可能有点胖，但绝不像他们背地里说的那么夸张。其实，最让我尴尬的还不是我的身材，而是我的声音，我正在变声，听起来像鸭子叫似的。唉，真是可惜了我这副好嗓子。不过也没关系，我反正以后想当侦探，不想当歌唱家。

我是吉米·富特，糖溪帮中最小的一个，大家都叫我"小吉"。别看我年龄小，胆子可不算小，别忘了，我还打死过一头大黑熊呢！当然，我最大的梦想是当一名宣教士。

目录

1 夜里带上猎狗出发…1
2 原来是一只负鼠…23
3 追捕的和逃跑的…39

4 捉到了浣熊…51
5 特别的黄樟茶会…73
6 到底是谁的喊叫？…95

7 关于棕榈树岛的事…109
8 糖溪帮陷入了流沙！…125

9 站在安全结实的地面上…135
10 回家棒极了！…151

附录：糖溪帮告诉你什么样的狗适合追猎
　　　糖溪帮守则
　　　糖溪地区地图

1
夜里带上猎狗出发

那个漆黑的夜晚，我们糖溪帮的一伙男孩，跟着杂耍爸爸的那只长鼻子长舌头，身体长长，嚎叫声也拖得长长的大狗，一起去打猎。当时发生的种种奇遇，让每一个男孩都回味无穷，尽管其中的某些遭遇显得有点恐怖和危险，但我们还是恨不得再去经历一次呢。

此时此刻——我可是一刻都没耽搁——就让我来讲讲那次追猎之行吧。

你可能已经知道了，杂耍是我们糖溪帮里最会跳上爬下的男孩。他的爸爸——丹·布朗，在冬天靠打猎为生，追捕、设陷阱，为了得到动物的毛皮。这些毛皮能保暖，所以会被做成帽子的翻边，或做成女式大衣的衣领。

总之，糖溪帮所有男孩受邀在星期五晚上和杂耍的爸爸一起去打猎。我们都盼着能玩个痛快：提着煤油灯，沿着小溪穿过漆黑的树林，听着猎狗们的凄厉嚎叫，追逐猎物——哦，什么样的动物都有，比如浣熊、负鼠，甚至臭鼬。

我们都希望能再碰上一头熊。小吉曾在我们糖溪帮的另一个故事里杀死过一头熊，你还记得吗？

星期五晚上终于到了，这是适合男孩晚睡的最佳夜晚，因为星期六学校都不上课，要是乐意的话，早上大家都可以睡个懒觉——当然如果爸妈允许的话，好些爸妈有时候并不允许。

农场的杂活全都干完之后——在深秋和冬天，天黑得早，傍晚时分我们挑灯在黑暗中干杂活——柯林斯一家，就是我家，美美地吃了一顿晚餐，有油炸土豆、牛奶、奶酪、冰冻苹果派等等。伙计，这可都是美味啊！

我盯着坐在桌子对面的小妹妹看。夏洛特·安，她还是个婴儿，半坐在高椅子上，半个

身子已经滑了下来。她双眼半闭，长着棕色头发的小圆脑袋一顿一顿，就像男孩子系在鱼线上的鱼漂在一沉一冒，仿佛鱼儿正在轻咬底下的饵，打算一口咬下吞进肚里，然后一头扎向水底，这个时候，好戏就要开场了。夏洛特的脑袋终于耷拉了下来，妈妈站了起来——她长着一头灰棕色头发，有一张和蔼的脸庞和一颗慈祥的心——解开防护绳，小心翼翼地把夏洛特·安抱起来，抱着她进了卧室，放进小床里。我知道，小床边的护板上刻着一只苏格兰小猎狗。

我自豪地想，这个世界上几乎所有品种的狗我都认识，确切地说是糖溪所有品种的狗，糖溪可也是这个世界的重要组成部分啊。

我甚至能叫得出每条狗的名字，但出于某些原因，在柯林斯家里，我们从来没养过狗。

这时，餐桌旁就剩我和爸爸了，他盯着我看的那副神情，让我怀疑自己是不是做了什么坏事，或者正打算做什么坏事。他这是要告诫我不要去做坏事哪。

"听着，儿子。"他说。他那双埋在暗红色浓眉下的蓝眼睛盯着我看，雪白的牙齿在红棕色的胡子下面闪闪发亮。当他牙齿如此闪亮时，就表明他像一条正摇着尾巴的狗一样友善。这表明他喜欢我，并没有什么麻烦事儿发生。但是麻烦事儿真要来时可快得很，只要这个家里有个想干什么就干什么的小男孩，比如我。

"什么？"我问。

爸爸的声音一向很低沉，就像一只在夜色笼罩的糖溪里鸣叫的牛蛙。他瓮声瓮气地说："很抱歉，比尔，我不得不宣布——"他停下来，又盯着我看。

我的心陡然沉了下去，仿佛某个邪恶的巫师把它变成了一块铅。他是要宣布什么？他干吗吞吞吐吐？我又做错什么了？难道说我又做了什么

不该做的事吗?

爸爸要宣布的事情像一块随时可能落下的重物悬在我头上。这时,妈妈已经把夏洛特·安放进小床,走了回来。

"我会给你准备一份丰盛的便餐,放在午餐桶里,比尔,有苹果派、热可可、三明治,还有……"

爸爸肯定在专心考虑他要说的话,所以根本就没听妈妈说些什么。他继续宣布:"我非常遗憾地宣布,梅仑医生今天下午打电话过来,说明天早上8点等你去补牙。我跟他说了想改个时间,但他说我们必须接受,不然就得再等一个礼拜。所以今晚11点一过,你就必须回到家,上床睡觉。

"我已经安排好了,让丹·布朗把你和小吉送到帕老头的木屋,然后小吉爸爸会把你捎上,反正小吉的钢琴课是在早上9点,所以他妈妈……"

得，他要说的就是这个。小吉和我得提早回家，不能在树林里和糖溪帮的其他男孩待得一样晚了。

我的心不但沉得像铅，也热得像烧红的铅，因为我不喜欢看牙医，不喜欢补牙，大家都在外面玩的时候，我实在不喜欢独自提早回家。

我感到很伤心，神情一定显得十分沮丧。

"怎么啦？"妈妈说，"你不喜欢苹果派、热可可和三明治吗？"

我琢磨着，我最好的牙齿上竟然有一个洞！我又想，要是有一小片金子在我的门牙上闪闪发光，那我将会是怎样一副尊容，所以我问爸爸："填的是什么呀？"

妈妈说："填的是烤牛肉馅和沙拉酱。"

爸爸说："一个镶金，其他的烤瓷。"

妈妈叫了起来："怎么搞的？"这时，门廊

上传来脚步声。我看到窗外晃动着煤油灯的火光,听到一阵大呼小叫,就知道是糖溪帮的男孩子们来了。

不到一分钟,我已经从椅子上站起身,穿好了红色斜纹短大衣,也把红色灯芯绒帽子结结实实地扣在了脑袋上。我正要冲出门,爸爸低沉的话音把我叫住了:"你又忘了规矩了。"

于是我说:"好吧,请原谅。我的便餐呢,妈妈?"也许在那一分钟里,我确实把所有的礼貌和规矩都忘了个一干二净。

我的便餐还没准备好,所以,我走到门廊上等便餐,也等其他的男孩。大家约好在我家碰头。

我说等其他的男孩,是因为这时只到了两个:诗集,身材像个木桶,他的心里牢记着101首小诗;蜻蜓,腿又细又长,眼睛大得不成比例,长着一只鹰钩鼻。

蜻蜓的牙齿也太大,他的脸和脑袋得再长点,比例才能协调。有时候他能"预见"还没发生的事情。我看到蜻蜓的那一刻,他那双蜻蜓般的大眼睛,正在煤油灯的火光下闪闪发亮,于是我知道我们的打猎之旅一定会发生些新奇、特别的事情——我当然不担心,反倒非常向往呢。再说了,一想起牙医和明早8点,就够我担心的了。

我刚走出门,就听到脚边传来一阵呜呜声。低头一看,是一条长着粗卷毛的棕黄色长吻狗。它正在嗅我的靴子,看自己会不会喜欢上我,要不要对着我摇晃它那根短尾巴。它倒是对我摇了摇尾巴,但是并没有在我身上浪费太多时间,因为正在这时,我家的黑白杂色猫密西跑进了门廊,弓着腰,扭头四顾,看看有没有谁的腿可供她蹭一下。她和那条狗同时彼此打量,并嗅了一下对方。

下一秒,只见一道棕色的影子紧追着一道黑白相间的影子,划破黑夜,一路直奔谷仓而去。

蜻蜓大叫一声:"嘿,吉普!别追那只猫!"这是蜻蜓新养的狗,他爸妈给他买的。

这时,诗集用他那嘎嘎的公鸭嗓背起了一首诗。诗写得很好笑,在煤油灯光的映照下,诗集脸上的表情更好笑,因为他正举着煤油灯,想看看猫怎么样了——或者是想看看狗怎么样了,因为要是有什么狗胆敢惹她,老密西打起架来可厉害了。

诗是这样的:

嘿,嘀豆,嘀豆,
猫咪拉着提琴,
母牛跳过月亮,
小狗见了哈哈笑,
这种运动真叫妙,

盘跟勺子一起逃。

"你是说狗和猫一起逃了吧。"我说。

这时,谷仓院子里传来一声巨响,听起来倒像是我家的一头奶牛想要跳过月亮,因为谷仓和猪圈挡道,被绊了一跤。

"你绝对不能带那条艾尔谷犬跟我们一起去打猎!"我对蜻蜓说。

"我绝对要带!"他回答,接着又问了一句,"为什么不能带?"

诗集嘎声嘎气地回答:"因为任何一条狗,要是像它这么神经兮兮,像一枚鱼雷那样撵着猫跑,打猎时就根本一文不值。追猎物追到一半,它会领着猎狗们跑错道;它会冲躲在草丛里的野兔瞎叫唤;猎物跑上树,它也会找错树;它还会半路去追别人家养的猫。"

"一文不值是什么意思?"蜻蜓问。

11

我这星期刚好学过这个成语，于是就告诉他："一文不值就是指一个人或一样东西没什么用处。"

得知诗集这么贬低他的艾尔谷犬，蜻蜓——这个长腿的小家伙非常气恼。他酸溜溜地说道："嘿，一文不值小子，把煤油灯给我一下，我得出去把那只猫救下来。"

他一把抓过诗集手中的煤油灯，深一脚浅一脚地向谷仓走去，把诗集和我丢在黑夜里。从屋里透出的灯光照进门廊，也照在诗集的绿色灯芯绒帽子和棕色皮夹克上。

灯光也照在他的圆脸和大脚上。糖溪帮里就数诗集的脚最大。他的皮靴底上贴了橡胶，以防靴子进水，因为现在树林里到处都很泥泞，我们一路上会走过很多的湿草丛、落叶堆，甚至会踩进水洼。

但是，这样的天气正适合打猎，因为在这

么潮湿的地面上，猎狗们的嗅觉会更灵敏，浣熊、负鼠和各种动物会在树叶上、草丛中——在它们走过、跑过、爬过的任何地方留下气味。

这些，我都是从爸爸和杂耍那里学来的。再说了，每一个农场里长大的男孩都知道这些。

这时，我们听到马蹄声和马打响鼻的声音。杂耍骑着他的小马拐进我家门前的小道，来到我家后门前。小马一个急停，杂耍一踢腿，双脚离了马镫，一眨眼，他已双手撑住马鞍，倒立了起来，一纵身越过马屁股，一个跟头翻落在诗集和我旁边的过道上。

"你们好，伙计们！"他说，"其他人呢？"

"我来了！"从果园的小路那边传来一个新的声音。我扭头一看，只见一束手电筒光像我家厨房大摆钟的钟摆那样晃前晃后。来了两个人：一个高个子，歪戴着帽子；一个短腿小个子，反戴着帽子，帽檐竖起。这是大吉和小

吉。两人都穿着橡胶靴,我们所有人都戴着连指手套或五指手套。

除了蜻蜓,糖溪帮的所有老成员都到了。这时,蜻蜓正从谷仓快步走来,诗集的煤油灯在他手里摇来晃去。他那条艾尔谷犬忽前忽后,跑个不停。煤油灯光向各个方向照出那么多影子,看上去简直像有四条狗在围着三个小男孩转。

我们糖溪帮还有一个新成员——小汤姆·提耳,他住在糖溪对岸差不多半里远的地方,他的哥哥鲍勃可给我们添了不少堵。汤姆·提耳长着一头红发,和我一样满脸雀斑,对此他毫不在意。我和他已经不再争斗,因为我发现他本质上是个好小伙子,就像许多红头发、雀斑脸的人一样——比如我,有时候也可以说是个好小伙子。

当我正在纳闷红头发汤姆会不会来时,小吉,这个糖溪帮里除了诗集或蜻蜓之外,我最好的朋友，悄悄走到我身边，拉着我的胳膊，开始对我说话。

我侧过身，仔细听他说。"汤姆·提耳的爸爸又不见了，没人知道他上哪儿去了。我爸爸说我们最好……我们最好……"

"有谁看到汤姆了吗？"大吉急切地问。大吉和大鲍勃之间结怨有一两年之久，当然现在已经化解了，但是两人还是不怎么喜欢对方，也许永远也不会交好了。大吉是个心地善良的孩子，对小汤姆尤其和善。

小吉正要告诉我的话，被大吉的问话打断了。

"汤姆不会来了。"小吉说。

我最好解释一下，小吉并不是大吉的弟弟，他们只是凑巧取了一样的名字。

然后小吉又拉住了我的胳膊，我又侧过身，他继续说那句刚刚被打断的话："约翰·提耳惹了官司，爸爸说我们最好……我们最好……"

正在这时，我家的后门一下子被推开了，灯光照过门廊，照亮了我们每个人的脸。我妈妈叫道："你的便餐准备好了，比尔！哦，你们好啊，大家伙儿！——他们都来了，比尔爸爸！"她回头向屋里喊了一声。

我那高大健硕的老爸走进门廊，埋在浓眉下的眼睛扫了我们一眼，说："好啊，糖溪帮的小伙子们，祝你们玩得愉快！很遗憾我这次不能和你们一起去，我有一些信要写。你们到了山上帕老头的木屋时，告诉他，明天我会去拜访他，跟他讲讲棕榈树岛的事儿。"

"我们赶紧出发吧，"杂耍说，"爸爸让我来叫你们快点出发。他叫你们火速前进。猎狗们太兴奋了，快拴不住啦。天气多变，下雨、放晴、变冷，谁也说不准，要是变冷上冻，猎狗们追踪起猎物来可就费力了。"

这么一来，小吉还是没把他爸爸要告诉

16

我——或者我们的话说完。

几分钟内我们就准备停当了。小吉也骑上了小马，抱着杂耍的腰，其余的人拼命跟在后面跑。蜻蜓那条疯疯癫癫的艾尔谷犬在我们周围和中间不停地奔来蹿去。爸爸最后一句话还在我耳边回响："别忘了，比尔，告诉帕老头，明天我会去拜访他，跟他讲讲棕榈树岛的事儿。"

这事儿我们可不感兴趣，但我们都认识帕老头，他是我们见过的最了不起的老头了，他可能请我爸爸帮忙，寄了点钱给棕榈树岛上的某些传教士。帕老头一向对这样的事很热心。

这时，蜻蜓的艾尔谷犬莽莽撞撞地横窜过来，要去追一只野兔，它正好钻到我两腿中间。我被绊在它身上，摔倒在一个小水洼里。

"这条疯狗！"我一屁股坐在路中间，大叫，"你干吗非得让它跟着来？"

"我早说过了！"诗集在我旁边生气地说。

小狗和我同时从地上爬起来。

"它可是条了不起的狗,"蜻蜓反驳说,"你们就等着瞧吧。它会抓住一头熊或者狮子,或许还会救下谁的性命什么的。我以前读过一个故事……"

"跑快点,伙计们!"杂耍从小马背上转头向我们喊道。我们全都跑起来去追他。

诗集在我旁边不停地喘气,边喘边说:"我就知道,这条卷毛杂种狗会给我们添麻烦!"

"它才不是什么杂种狗!"蜻蜓在我们身后喊道,"它可是纯种的艾尔谷犬。"

"它一文不值!"我对蜻蜓说,"什么用处都没有!"

"它抵得上一个好猎手!"蜻蜓喊道,"过来,吉普!过来,吉普!"他呼唤着狗,"快回来,别追那只兔子了!我们可是去猎浣熊的!"

很快，杂耍家那幢略显老式的房子就进入了我们的视野，楼上一扇窗户里透出灯光，有个身影正在走动，也许是在为杂耍众多姐妹中的某一个掖紧被子。杂耍是家里唯一的男孩。

杂耍的爸爸和大吉爸爸雇的帮手就住在附近，两人已经在等着我们了。他们拿了两盏煤油灯，一只很亮的射距很远的手电筒，一支长筒来复枪。拴在柴房外的是两条长鼻子长舌头、身体长长、表情忧伤的大狗，一条锈红色，一条蓝灰色。它们像两只野兽一样又跳又拽，拼命地想挣脱绳子获得行动自由。

杂耍把小马牵回谷仓，很快又回来了，三分钟不到，我们就上路了。

杂耍的爸爸穿着一件羊毛线织的棕色外套，脚穿一双高筒靴，那个帮手也是这么打扮的。他们走到狗旁边，大声呵斥着让它们安静下来，然后解开了它们颈上的拴绳。你真该亲眼看看，

它们就像两道奔腾的闪电，穿过庭院，翻过篱笆，直奔糖溪而去。

也许猎狗们嗅到了什么，知道该往哪个方向追，因为我们刚跟着它们跑了半分钟，其中一只猎狗——老保尔，那只灰蓝色的猎狗——就发出一声狂野的长啸，听着像是一只鹳鸟的鸣叫，又像是一个奔跑中的女人发出的呼救声：

"呜——呜——"

接着，老索尔——锈红色的那只猎狗，也跟着嚎叫起来，声音低沉回荡，仿佛是躲在山洞里对着一段空木头喊出来的震颤音，又像是一个陷入绝境的人发出的呐喊：

"呜——呜——"

"是一只浣熊！"杂耍说。我们所有人全都七嘴八舌地嚷起来，每一个人都想在第一时间把自己的想法告诉别人。

"它一定直奔糖溪去了！追啊，伙计们！"

我们一窝蜂地追出去——灯光乱晃，脚步交错。男孩们，连同吉普全都奔跑起来，深一脚浅一脚，跌跌撞撞，穿过树林，跨过倒在地上的树木，翻越小山坡，气喘吁吁，却感觉又开心又兴奋，心里琢磨着自己追的到底是一只浣熊，还是一只狐狸，或是别的什么动物。

2
原来是一只负鼠

我忽然注意到,我们刚跑了一两分钟,猎狗们就调转了方向,不再跑向糖溪,而是跑向我们称之为"支流"的那条小溪,从我们现在所在的地方起,这条小溪要流淌好长一段距离才汇入糖溪。

看上去,它们似乎是在领着我们跑向杂耍家的房子,我们或跑或走,竭力跟着它们。有时候我们不得不加快脚步,才能跟得上它们,有时候我们又不得不龟速蹒跚而行,因为猎狗们一时跟丢了,正围着一棵树或一处草丛乱转乱嗅。

"你猜猜到底怎么回事儿,"我听见杂耍说,"那头浣熊正直奔我家的果园哪!"

看上去的确像那么回事儿。猎物已经离开了树林,猎狗们远远地跑在了前面。吉普不停地蹿前蹿后,它一会儿跟着我们跑,一会儿又冲到前

24

面和那两只"真正的"狗一起跑。

大人们也跑在我们前面,紧跟着猎狗,猎狗已经再次转向,朝糖溪跑去。

又跟着跑了没多远,我听见吉普在前面叫唤。这是一种很有趣的叫唤声,和它之前的叫唤完全不同,听起来就像感觉自己干了什么了不起的事儿似的。它没有跟着其他的狗一起往前追,而是独自一个,冲着杂耍家果园边上的一棵小树拼命叫唤。事实上,它正冲着一棵柿子树叫唤。

杂耍、大吉、诗集、蜻蜓、小吉和我,大家都停下脚步,拐过去,要看吉普到底追到了什么,大家都猜准是只家猫。

诗集嘎声嘎气地说:"我打赌准是杂耍的某个姐妹——那条一文不值的狗肯定把她看成一只猫了。"杂耍有很多姐妹,对此他也无可奈何。因此,他也不太会干擦盘子的活儿。

我拿过大吉的手电筒,对着树顶来回照了一圈,却什么也没发现。柿子树上仍然挂着些树叶,不过已经变成了深棕色,又扁又皱,一点儿也不像夏天。那时候叶片非常大,又绿又鲜艳。现在老寒霜一打,树叶们都蔫了。

这时,我们顺着电筒的光忽然看见,在半树高的地方趴着一只长相奇怪的淡灰色小动物。吉普围着树闹得更欢了,它又嚎又吠,跳上蹿下,用爪子抓挠着又厚又硬的棕色树皮。

当电筒光定格在那里,你知道我看到的是什么动物吗?树干的分叉处的确蹲着一只动物,它的下半身非常黑。身体从中部开始,一直往上,沿着背脊,呈黑白杂色,这颜色挺像一个四十多岁中年人的花白头发。它一身的毛皮又长又亮。

那只动物不安地扭动身子,在电筒光的照射下闭上了眼睛。我看到它的头又是另一种颜色，某种黄白色，腮部像雪一样白。提到雪，两个星期之后就该下雪了——或者今晚就可能会下雪，我多希望今晚就能下雪啊。

我马上就搞明白这只动物是什么了，因为它的尾巴。

"伙计，噢，伙计！"我听到诗集说，"这是只负鼠！"

"当然！"小吉说，"一只大负鼠！瞧瞧它那对小黑耳朵，瞧见没！"

"那对耳朵才不是黑色的，"蜻蜓说，"至少不是全黑。看见耳朵尖上那道黄色细条纹了吗？"

这只负鼠下半身的毛呈黑色，比上半身的毛短些，只点缀着少数几根白毛。

"我不认为这是只负鼠，"蜻蜓继续说，"因为——瞧瞧它的腿，那么黑，还有它的脚，也很黑。"

我不耐烦地低声说:"它就是负鼠!"

我把电筒光对着它的尾巴,然后沿着它的身体往上照,这只灰毛小东西慌忙转过身,把尾巴对着我,开始继续往上爬。

"瞧瞧那尾巴!"我叫道,"这就是所谓的'便于攀爬的尾巴'!"

大吉一直在旁边安静地观察着,说:"喂,比尔,把电筒给我!"

还没等我松手,他就一把抓过我手上的手电筒,竭力抬高手臂,照着那只负鼠。

我们互相争论,吉普又嚎又叫,在一片嘈杂中,叫声如鹳鸟的老保尔和叫声沙哑回荡的老索尔,早被我们抛到脑后去了。杂耍的爸爸和大吉爸爸雇的帮手,也被我们忘得一干二净。我们兴高采烈,因为吉普证明它不是条无知的笨狗,但我仍然叫它"一文不值"。

我对蜻蜓说:"吉普能撞上这只负鼠,纯属

意外。"

"没错，"小吉说，"我敢打赌，负鼠的踪迹和浣熊的踪迹交叉的时候，它根本就分辨不了，于是就追到这条岔路上来了。"

"肯定是，"我说，"它居然认为负鼠也值得追。"

杂耍反驳说："当然值得啦！这只负鼠值两美元呢！"

瞧，那只负鼠可不喜欢我们离得太近，所以它两只前爪交替，不停地往上爬去，转眼间就爬得很高了。那条长尾巴在它身后摇来晃去。

"瞧它那条便于攀爬的尾巴！"我叫道。

蜻蜓问："什么叫便于攀爬的尾巴？"

我曾经说过，我会经常查阅一些有用的词，并且通过实践来练习如何使用。"一条便于攀爬的尾巴就是条可以抓牢东西的尾巴，几乎和人的手一样灵活。"

"一只负鼠可以用尾巴轻松地倒挂，"诗集转向蜻蜓，也想把自己知道的告诉他，"就像杂耍用他的尾巴倒挂一样轻松！"

如你所知，杂耍是我们中间最会玩杂技动作的人。

得，这句话可真逗，我们不由得都捧腹大笑起来。

杂耍生硬地顶了一句："这不过就是句自作聪明的荒唐话！"

我听到身后一阵窸窸窣窣，回头一看，笑趴下的诗集正好从地上爬起来。

杂耍觉得是行动的时候了。他一跃而起，抓住了那棵柿子树的树干，手拉脚蹬，追着那只负鼠，开始往上爬。看着杂耍跟在负鼠后面一阵猛爬，负鼠在前面慌忙上蹿，真是一幅有趣的景象。

杂耍一边爬，一边回头向我们大喊："要是

我们能逮到这只负鼠就好了,我们的鸡棚里已经丢了太多小鸡了。"

杂耍说得没错。负鼠会吃许多它们不该吃的东西。虽然它们在夏天吃各种各样的昆虫,但仍然是危害性很大的害兽。几乎每一种在糖溪附近地面上筑巢的鸟儿,都得提防着从什么地方会偷偷摸摸冒出来一只老负鼠,撕坏鸟巢,吃掉所有的雏鸟,咬坏所有的蛋。不只这样,负鼠还会在夜里跑进人们的鸡棚和鸡窝。一逮到机会,它们也会吃小鸡仔。如果是只大负鼠,它还会偷吃大一点的鸡仔。

杂耍正在爬树的当儿,我想起了这些事儿。他中途还停了一下,摘了一只李子大小的黄柿子来吃。秋霜一打,已经熟透了的柿子对男孩和负鼠来说都很可口。但是在夏天和早秋,你要是敢咬一口,准保让你嘴唇发麻。

小吉从来都不喜欢看到有什么人或动物受到

伤害,他向杂耍喊道:"我爸爸说,负鼠抓起农场上各种各样的老鼠来,非常在行,它们还会抓鼹鼠。"这正是小吉的一贯作风——总是维护某人或某事,这也许是一种值得拥有的好品德。

大吉拿着手电筒,照着那只灰毛小东西,也照着杂耍。杂耍对这棵树的每一根枝丫都熟记于心。他家果园里的每一棵树,甚至糖溪边上的每一棵树,他都爬过,所以即使是在夜晚,也不必一边爬一边摸索。他一下子就爬了上去。

"我来把它摇下来!"他回头对我们喊了一声,说完马上就动手摇起树来。

这时,那只负鼠正趴在树枝顶端的一丛细枝上,就快要到达树顶了。

杂耍一手抓住树的主干,一手抓住负鼠趴着的那根树枝,拼命摇晃起来。那只负鼠皱起它那灰色的毛皮,缩起它那黑色的腹部,蜷起它那非常黑的腿脚,拼命贴在树枝上。它那长长圆圆、顶端尖尖、便于攀爬的尾巴也紧紧卷在树枝上。

但杂耍知道怎么把这只负鼠摇下来。他不停地来回摇晃树枝，停一下，又猛摇一下。突然，负鼠的前爪松开了，紧接着，它所有的爪子都松开了。这只狡猾的灰毛小东西不喜欢刺眼的电筒光，干脆把眼睛闭上了，用尾巴倒挂在树枝上。它的后脚往上攀去，试着去抓尾巴攀住的那根树枝，这就好比一只尾巴被揪住的乌龟四脚乱划，试着去抓小男孩的手；又好比身体被摁住的小龙虾乱舞螯爪，试着去夹小男孩的手。一般情况下，在你放手之前，它还真的能抓到或夹到你的手，然后，它就逃之夭夭了。

杂耍又狠狠摇了一下，但这时负鼠的后脚正好抓到了那根树枝，它一翻身，又爬了上去。

大吉给杂耍出了个主意，他叫道："这样行不行？也许你爸爸正打算把这棵树修剪一

下呢！"

这真是个好主意，杂耍立刻掏出了他的小刀，决定马上修剪负鼠趴着的这根树枝，他也一下子就把树枝切断了。他又加把劲往外一推，于是负鼠先生穿过一层层树枝，向地面跌落。落地的一刹那，它把自己蜷成了一个球——豪猪快被逮住的时候也是这么干的。

得，吉普这下可犯了难。它冲过去，用牙齿咬住负鼠，然后又松开嘴，往后跳开。它冲上前，又跳开，不停地狂叫，气喘吁吁，闹腾个不停。

与此同时，负鼠一直都蜷成一个球，倒像是睡得死死的。

"它这是在装死！"诗集叫道，他说的没错。要知道，当负鼠快被抓住的时候，它们就喜欢装死。它们蜷成一个球，眼睛紧闭，白色的脸上嘴角咧开，露出一抹傻傻的怪笑，看上去好像已经死透了。你稍不提防,它们就跳起来溜之大吉了。

吉普又冲上前,这回它用牙齿咬住负鼠,像咬一只大老鼠那样,来回撕扯,看到负鼠还是一动不动,它像吓坏了一样,再次往后跳开。

你根本叫不醒这只负鼠。它侧躺着,脑袋夹在两条前腿中间,尖尖的长鼻子快要碰到肚皮了,仿佛是在保护自己的脑袋,又像是在保护自己的咽喉不被咬到——黄鼠狼逮到什么活物的时候,最喜欢咬咽喉了。

这时蜻蜓发话了:"我很纳闷,它是不是在想,只要把脑袋夹在两个前腿中间,就万事大吉了?沙漠里的鸵鸟遇到危险也会把脑袋埋进沙子里。"

诗集用他那沙哑的嗓音回答:"负鼠不会想,它也想不了。动物没有足够的大脑去想什么事儿。"

"狗会想！"蜻蜓说，看起来他似乎喜欢上了和诗集抬杠。

但是，这会儿我们可没有闲工夫抬杠。大吉告诉他俩要保持安静。

杂耍知道怎么处理这只负鼠，知道怎么快速了结它的性命，让它少遭罪。

杂耍下手的时候，小吉转过脸，看着别处。

杂耍抓着负鼠那条便于攀爬的尾巴，把它拎了起来，咕哝道："一路拎着它可沉得很。我想还是先把它锁在柴房里。大伙儿跟我来！"

大家都跟着他来到他家的老房子前，我们等在大门口。一想起杂耍有那么多姐妹，我们都扭捏不安。其中只有一个人肯对红头发、雀斑脸的男孩笑。她的名字叫露雪儿，她连蜘蛛都不怕。

很快，杂耍回来了。我们又大呼小叫起来："快点，不然我们就赶不上他们了！"

刚走进树林，我们就听到老保尔的啸叫从很

远的地方传来:"呜——"

紧接着,我们听到老索尔也发出低沉的嚎叫:"呜——"

"我打赌它们这回一定是嗅到了一头浣熊。"一个男孩说。于是大家跑得更快了。

"要真是一头浣熊,"杂耍冲着大家大喊,"我们可要大干一场了!"

3
追捕的和逃跑的

这 感觉可真怪——在树林里深一脚浅一脚，跌跌撞撞，气喘吁吁，停下来歇口气再往前追，纵身翻越栅栏，猫腰躲过树枝，天黑又看不太远，前后左右有一群和你一样激动兴奋的人，和你一起向前追逐。

我们听到猎狗的嚎叫和蜻蜓的艾尔谷犬那尖锐、紧张的吠叫，它也在追逐浣熊，远远跑在我们前面，和猎狗们跑在一起。

当我们追上杂耍的爸爸和大吉爸爸雇的帮手时，听到杂耍的爸爸布朗先生说："任何一条狗，要是为了一只负鼠舍弃一只浣熊的话，就根本不值得信任。"

我们这才明白，刚刚抓到负鼠的事儿他们已经知道了。

"我们刚才想，还是要让糖溪帮去找点自己

的乐子,"杂耍的爸爸对我们说,"再说了,我们可不会放任猎狗去追一只负鼠。"

不过,既然大人们对抓负鼠的事儿还是很感兴趣,我们就如实相告了。我们还给了他们每人一只熟透的柿子,在我们离开柿子树之前,有人灌了满满一口袋。但对于吉普,大人们可没说错。每一处气味都让它躁动不安,每一只惊起逃跑的野兔,它都乱追一气。

但可不能让这点小事搅了我们的兴致。伙计,噢,伙计!高声啸叫的老保尔,低沉嚎叫的老索尔,它们知道该怎么做,正在紧追不舍。它们低着头,鼻子几乎贴着地面,嗅着浣熊的踪迹奋起直追,不管眼前跑过多少只野兔,都不能扰乱它们的注意力。野兔在它们眼里就像一个饿坏的男孩在狼吞虎咽时,从他的烤牛肉三明治上掉下的面包渣一样微不足道。

有那么一会儿,老保尔和老索尔跟丢了浣

熊。小吉和我进行了一次有趣的交谈,我终于搞明白了,关于鹰钩鼻的约翰·提耳,小吉到底要跟我说什么。

猎狗试图找出浣熊的踪迹,但看上去也乱了分寸。它们跳过倒地的树木,绕着树丛跑,趟过"支流"小溪又趟回来。不再嚎叫,只顾气鼓鼓地呜呜乱叫。焦虑的样子活像做代数题卡了壳的小男孩——不凑巧,爸爸又不在身边,没有人循循善诱,没有人提示好点子,因此一筹莫展。

猎狗们急得团团转的时候,我们大伙儿坐了下来,在一棵横倒在地的枫树上休息,树是被夏天的暴风刮倒的。

我一直很喜欢做的一件事,就是沿着糖溪走进树林,或者走进某个大人们正在砍树的地方,爬上一棵倒地的大树,沿着树的根部走到顶部。然后,当我把树干走尽无路可走时,我会爬上一根向上延伸的树枝,坐在上面上摇下摆,前摇后晃,想象自己正坐在飞机上腾云驾雾,或是在海上泛舟。

所以,当小吉和我意识到,等猎狗们重新找到浣熊的踪迹,肯定还要再等好一会儿时,于是我们就从大吉手里拿过手电筒,爬上了枫树的树干。

我们保持着平衡,小心翼翼地向树干的顶部走去,走了大概有一百步远,在这个地方,树干已经伸到了小溪水面的上方。

"有什么问题吗?"

"没事儿,"我说,"来吧!再往前走点儿。"

"我是说,"小吉说着,差点摔下去,赶紧伸出双手抓住我,"我是说,猎狗们怎么会找不到那只浣熊呢?"

"它们已经跟丢了,"我说,"老浣熊先生知道我们追踪它,它可不喜欢变成某件女士大衣

的衣领，所以它可能跳进了溪水里，趟着溪水走了一会儿，这样它的气味就被水流冲刷掉了。也许它顺着'支流'趟了一百步远，然后爬上了对岸，或者它一直待在水里，一路漂到糖溪，然后它会在一个树洞里找到安全的藏身之处，这样就不会被逮到了。"

就在我向小吉解释的同时，我们一步步捱到了树干的尽头。我们爬上了一根枝丫，在上面晃来晃去，感觉好极了，就好比我们刚拿到学校的成绩报告单，上面所有的评分都是A和B。不过实际情况是，有些科目我们有时候能得高分，另一些可就没那么幸运了。

"你知道我希望什么吗？"小吉问我，话音里带着一丝希冀，他那老鼠般细小的声音，总是带着一种希冀之情。

我期待他会说出一些重要的话来，因为小吉是糖溪帮里唯一一个能在别人想到之前就琢磨出重要想法的人。

总之,他对我说的是:"我希望——"他停顿下来,身子一挺,我们坐着的枝丫又开始摇摆起来。"我希望我们抓不到那只浣熊。我希望它能逃脱!"

"什么!"我说,"为什么啊?它的毛皮能卖9美元,杂耍的爸爸能用这钱买面粉、肉、水果,还有……"

"没错,"小吉说,声音有点颤抖,"但我还是希望那只浣熊能够逃脱,我也希望杂耍一家能有钱买面粉、肉和水果。"

我们坐在枝丫上前摇后晃,上摇下摆,玩了好一会儿,我琢磨着,要是诗集和我们在一起——要是枝丫能撑得住他——他很可能又要背起诗来,扯起他那又稚嫩又沙哑的嗓音:

摇摇篮,在树顶,

45

风吹起，

摇篮摇，

树枝断——

我的遐想到这里被小吉打断了。小吉的爸爸是镇议会的理事，镇上发生的所有重要的事儿他都一清二楚，因此小吉对我说："约翰·提耳从警察手里逃跑了，他们正在追捕他，就像老保尔和老索尔追踪这只浣熊一样，我爸爸说我们最好……"

得，我知道自己终于有幸听他说完那句憋了好久的话了。我早就猜到他说的话肯定有别于其他男孩，因为小吉可能是整个糖溪帮里最好的基督徒了。所以当他说完那句在一两个小时前就开了个头的话时，我一点也不惊讶。他说："我们最好祈求（听听——祈求！）上帝，保佑约翰·提耳不要中弹，因为他还没有被救赎，要是他现在就死了，也许他的灵魂会永远失落的！"

小吉说完之后，好一会儿我们俩都没说话。我看着别处，想起了红头发的汤姆·提耳，在上次打架被我们打败之后，他开始去上主日学校；在那头愤怒的老母熊正要把他生吞活剥的危急时刻，是小吉开枪打死了熊，救了他的性命。我想起了鲍勃·提耳，他也惹了官司，小吉的爸爸正负责他的假释。我想起他们家那个一脸悲伤的母亲，她每天为这个家操劳：缝缝补补、洗洗烧烧，却没有足够的钱维持家用。都是因为鹰钩鼻的约翰·提耳，把挣来的每一个子儿都拿去买啤酒和烈酒喝了。

我感到很伤心，于是构想了一个给上帝的祷告词，大意如下：上帝啊，请你为提耳一家做点事，让小汤姆那悲伤的母亲能够快乐起来吧。

我沿着树干向后望去，透过仍挂着稀疏叶片的树枝，看到大人们和糖溪帮其他的男孩正围

着煤油灯坐在那里。我听到几只狗在溪水里蹚进蹚出，它们呜呜咽咽，焦急地耸动着鼻子。我听到一阵微风拂过头顶的树梢，心里仍然难过。但同时我看到夜色里有一种朦胧的白——仿佛周围亮起了温暖的微光。这也许是因为，一个男孩若肯为别人祈祷，那他自己也会得到护佑。

这时，我听到从小溪"支流"的方向传来一声又长又尖的啸叫，是老保尔，它再次找到了浣熊的踪迹，正朝另一个方向奔去。老索尔那深沉的悲嚎也响了起来，追猎又开始了。

小吉和我慌忙从我们待的地方爬下来，磕磕碰碰，你绊我，我绊你。我们赶紧去追其他的猎手和"一文不值"的吉普，慌乱中，小吉还对我说了别的话。

"你知道吗？我刚才祷告了。"他说，"我祈祷，要是约翰·提耳在忏悔罪过之前，免不了要挨枪子，那就让上帝允许警察开枪，但是不要杀死他。"

瞧瞧，这个小家伙竟然会想出这样的祷告词！

当我们跟随着猎狗，手里晃荡着煤油灯和手电筒，在溪水里一路趟去，我希望时间不要那么快就到11点，我希望明天早晨不必非得去看牙医——当我们一路紧追的时候，我心里有一种奇怪的感觉，也许小吉刚刚的祷告很重要。也许他说的没错。要是约翰·提耳麻烦缠身，要是他吓个半死，也许他会反省，反省自己对妻儿的刻薄，反省自己酗酒挥霍的自私。也许他会——嗯，就像小吉说的——他会忏悔，他会深刻认识到自己的罪过，真正地在上帝面前忏悔，并且被宽恕、被救赎。

我接着想，如果非得发生什么坏事儿才能让他清醒过来——如果不发生点什么他就难以真正

49

悔改的话——那为了他那悲伤的妻子和孩子们的缘故,就让这事儿快点发生吧,因为孩子们不但需要好妈妈,还需要一个好爸爸。

我甚至希望今晚就会发生点什么。今晚他从警察手里逃跑,警察正像猎狗追猎物一样紧追不舍。约翰·提耳那么坏,几乎比野兽还坏——肯定比一只负鼠或者浣熊更坏。野兽们不懂事,但鹰钩鼻老约翰·提耳懂啊。我这样暗自琢磨着。

这时,我听到一声枪响,我知道这不是我们这群人开的枪。

蜻蜓正走在我前面,一下子停住了脚步,我结结实实地撞在他身上,也撞上了吉普。"这是什么声音?"蜻蜓问。

诗集一直气喘吁吁地跟在我后面,也撞上了我,他说:"那个?可能是汽车回火了。那边有一条公路,车辆在过糖溪大桥的时候不得不减速,再次加油提速时,就会回火。"

4
捉到了浣熊

　　我们再也没闲工夫去琢磨鹰钩鼻老约翰·提耳中不中枪的事了。这时,那几条狗,包括那条小艾尔谷犬,叫得更厉害了,仿佛预示着追猎进入所谓的白热化阶段。这意味着它们离浣熊越来越近,很可能马上就要逮住它了。

　　事实上,我听到走在前面的杂耍正是这么说的:"听到老保尔的叫声没,伙计们?追猎进入白热化阶段了!"

　　于是,我们所有人都加快脚步,沿着小溪跑向注入糖溪的溪口,正是在那里,蜻蜓和我曾经钓到过一条非常大的黑鲈鱼。

　　我们奔啊,跑啊,跌跌撞撞,绕过倒地的大木头,跨过倒地的小木头,趟过那条支流——我们管它叫支流,说明它是糖溪的一条分支水流，每一个学过地理的小学生都明白。

我已经说过，我试图学会许多新词语，并且通过实践来练习如何使用。我扭头对诗集说："我希望这只浣熊不要再跳进支流，把气味冲洗掉。"——每次出来追猎，他都落在最后，挺费劲儿地追赶着大伙儿。这不，他正喘着粗气追在我身后呢。

诗集对着我的耳朵，气喘吁吁地回了句并不好笑的俏皮话："猎狗在后面猛追，浣熊哪儿还有什么心情好好洗澡啊。"

蜻蜓的长腿跑起来飞快，他正跑在我的另一边，也憋出了一句并不俏皮的玩笑话。他大叫道："它们也许很爱干净，但是，猎狗在后面猛追，还是保住小命要紧，洗澡可以等明天啊！"这表明即使跑得上气不接下气，我们还是不忘找点乐子。

老索尔发出一声低沉的嚎叫，仿佛是躲

在山洞里对着一段空木头喊出来的震颤音:"呜——呜——"

老保尔发出一声尖锐的长啸,仿佛一只鹳鸟在鸣叫,又像是一个奔跑中的女人在呼救:"呜——呜——"

"嘿!"身后一个人喊道,"等等我!"

是小吉,他的短腿跑不快,追不上我们。除了大吉和大人们,大伙儿都停下脚步,等小吉快步赶上来。

诗集问他:"瞧,小吉,说起音乐来你什么都懂。你倒是说说,这两条猎狗叫的时候,用的是什么调门?"诗集举高煤油灯,我看清了小吉半是欢喜半是忧伤的脸,他的帽子依旧反戴着,帽檐竖起。

小吉喘了好几口气,仔细听了听,才回答道:"我觉得,它们用的是同一个调门。"

要知道,小吉真的是一个很棒的音乐家——

他妈妈是糖溪镇最好的音乐家,为镇上的教堂弹钢琴。小吉每天都刻苦练琴,刻苦练习才是学习任何东西的正道。

大家都保持安静,小吉看上去正在沉思,他的确在沉思着,聆听着。然后他发出一个声音,和此刻正在支流里跋涉的老索尔发出的叫声一样高亢。接着他把声音拔高到另一个高度,就像一只轻盈的小鸟,在楼梯的梯阶上跳升。他发出的声音和老保尔每隔几秒发出的嚎叫声一样低沉。

"呜——"这个高亢的声音听着像老索尔。
"呜——"这个低沉的声音听着像老保尔。

接着,这个短腿的小家伙咧嘴一笑,说:"老索尔的调门是F调的Re音,老保尔的调门是F调的La音。"

经过这件事,我看得出来,小吉对追猎的兴趣更浓了,因为他可以从猎狗们的叫声里听出音

乐来。如果说有什么东西他最喜欢，那就是音乐了——当然，也有可能是我们去山上的木屋拜访帕老头时，他经常煮给我们喝的黄樟茶。

我们正打算继续赶路，蜻蜓从一旁冒了出来，问了一句："吉普是什么调门？"

哦，吉普叫起来总是那副德行，时不时地叫唤一声，叫声短促、紧张。

小吉示意大伙儿都安静下来，他学着那条一文不值的笨狗叫了几声，然后说："它——它根本不着调！"他小小的脸蛋上露出一抹顽皮的微笑。"它几乎要达到Fa音了，但尖锐了点儿。"

"听见没！"蜻蜓叫道，"我跟你们说什么来着？我就知道吉普很敏锐。小吉也这样评价它了！"蜻蜓从来就没上好过音乐课，他不知道，尖锐并不总是意味着敏锐。

"我知道你那只一文不值的笨狗叫的是什

么调门。"诗集嘎声嘎气地说，边说边朝我眨眨眼。

"不许你这么叫它！"蜻蜓对诗集如此贬低他的狗很生气。

"我就要这么叫！"诗集沙哑地说。

"得，聪明小子，那它到底叫的什么调门？"

诗集又朝我眨眨眼，拔腿就往前跑，前方几只狗的叫声越来越热闹了。他边跑边回头，朝蜻蜓撇下一句自以为幽默的俏皮话："你那只艾尔谷犬叫的是驴调门！"

这么一闹腾，我们费了好大劲儿才追上蜻蜓和诗集。但蜻蜓是个很好的伙计，尽管诗集的话把他惹恼了，他还是听出了话里的幽默。所以当他终于追到诗集时，并没有揍他，只是凭借自己那么一丁点不够在课堂上取得好分数的音乐知识，也淡淡地撇下一句："反正，你也就是个休止符和全音符的结合体！"

要是你也懂一点音乐,你就能明白蜻蜓这个长腿小家伙,他能想出这样的俏皮话可真是机灵得很呢。

前面一定发生了什么状况,狗的叫声越来越激烈,越来越兴奋。我们的思绪还缠绕在音乐、音符、小吉和他的妈妈,不同的音调调门等等这些刚才的话题上面。突然,三条狗齐声吠叫起来,如同教堂的管风琴高声轰鸣,就像有一只小猫正在黑白琴键上,来来回回不停地走动。事实上,我家的老密西就经常在客厅里钢琴的琴键上踩来踩去。

我在遇到骤变时会一时兴奋过度,仿佛从清醒状态陷入有趣的半梦半醒之中,就像现在,突然之间,三条狗改变了原先的调门,它们现在的叫声都像那条一文不值的笨狗吉普一样,短促、尖锐、紧张,非常兴奋。吉普的叫声可不止是兴奋,它嗷嗷尖叫,仿佛干了什么了不得的大事，希望我们大伙儿都赶紧过去看看呢。事实上，三条狗的叫声都是这样亢奋。

"上树了！"杂耍在我旁边叫了起来。

"上树了！"我听到杂耍的爸爸也在前面喊。

"上树了！"我们大家都同时大喊起来。

"什么上树了？"蜻蜓很想知道到底怎么回事儿，但没人搭理他。

"什么上树了？"他又问了一遍，小吉从他身后冒出来，边赶过他边说："这是在说浣熊逃上了一棵树，免得在地上被抓，就跟那头负鼠一样。"

他说得没错。浣熊会这么干，密西有时候也会这么干——有狗追密西时，它会像一颗子弹一样飞速蹿上电线杆、树或者葡萄架，逃之夭夭。

我们每个人都拼命跑起来，一路上磕来碰

去。很快大伙儿就赶到了现场，那是一棵高大粗壮的枫树，几只狗围在树底下叫着——不是长嚎，是兴奋的吠叫，此起彼伏，叫个不停，就像一场杂乱无章的断奏。我知道断奏这个词形容得很贴切，因为正在这时小吉也说："听听！它们现在这是在断奏呢！"

它们断奏得正欢呢。老索尔低沉嚎叫，仿佛终于爬出了那段憋着它的空木头，正撒欢呢。老保尔的高音尖锐震颤，听起来气势非凡，无所畏惧。吉普汪汪欢叫，仿佛它一直相信自己追对了方向，此刻更得到了证实，正在大吹大擂。

兴奋持续了一两分钟之久，三条狗不停地跳上跳下，蹦来蹦去，活像热煎锅里的爆米花。然后它们停止吠叫，坐了下来，舌头耷拉着喘气，看我们接下来打算怎么处理。然后，当一只开始吠叫，另一只就跟着嚎，三只狗又叫成了一团。

60

看起来的确有什么东西正躲在树上。

大吉爸爸雇的帮手打开他的长手电筒，把一束光照向大树。他来回移动着又白又亮的圆形光柱，把掉光了树叶的层层树枝都照了个遍。这让我联想起教室里的一个男孩，手拿一个黑板擦，在黑板上来回转圈，把粉笔字都擦掉。只是，电筒光"擦掉"的是黑色夜幕上的黑暗，这棵高大的老枫树上每一根灰色的树枝和枝杈，都被我们看得一清二楚。

突然，我注意到，站在我身旁的杂耍爸爸已经把来复枪准备停当，估计接下来的一两分钟里很快就要有事情要发生了。电筒光柱停止了移动，照射在一个黑色的东西上。这可不是什么松鼠用枯叶堆的窝，只一眼，我就看出了蹊跷。接着杂耍也看到了，之后，只差了那么一秒，蜻蜓也看到了，然后所有人都清清楚楚地看到了。高高的树顶上闪耀着两个绿幽幽又略

带黄白色的小火球。这时我知道了，我们确实把一头浣熊赶上了树。

当杂耍的爸爸举起他的长筒来复枪，举向天空，直指那两个弹珠大小的火球——浣熊的眼睛时，三条狗都停止了吠叫，停止了尖叫，甚至停止了呜咽，紧张地等待着子弹发射时那一声急促的爆响。

哦，糖溪帮男孩们的兴奋之情都不言而喻，我们也在焦急地等待着枪响。等待的时候，我一直在想那只浣熊。它也会害怕被子弹击中的痛楚吗？我记起刚才追踪的路上，我对小吉说的话，浣熊可不喜欢变成某件女士大衣的衣领。

"咔哒"一声，杂耍的爸爸拉上枪栓，接下来是几秒钟紧张、细心的瞄准，瞄向那对绿眼睛。紧接着他扣动扳机，一声爆响，也许并没有听上去那么响，但是周围一片宁静，因此反衬得更响了——就像7月4日独立日时男孩子们放的炮

62

仗一样响。

两只绿眼睛消失了。全身绷紧、蹲坐着抬头往上注视的几只狗,口中突然发出局促的呜咽声,身体不安地扭动起来,急于知道接下来到底会发生什么事。

这时,树枝间传来一声噼啪响,接着是更多的碰撞声和树枝断裂声。一个棕灰色的东西从枝条繁密的巨大枫树上跌落,乍一看有半头熊那么大。突然它又停止了掉落,一定是抓住了一根树枝,挂在了上面。

大吉爸爸雇的帮手把电筒光直射在它身上。我还是第一次看到一头野生浣熊被围捕时又惊又怒的样子。它的大耳朵和密西的一样大,脸上的毛色比毛茸茸的灰棕色要淡一些,它那惊恐的脸上有几道白色条纹,鼻子尖尖的,肚皮上的毛也是浅色的,眼睛上方的毛是亮白色,眼睛下方的毛是淡黑色。我正在打量它的脸,它慌乱地转过

身，想要爬回高处去，于是我趁机仔细观察了一下它的尾巴。

诗集对口算题很在行，他说："噢，伙计们！瞧！它的尾巴上有——一，二，三，四，五，六，七——七个圈！"当然，他不可能数得那么快。浣熊尾巴上的圈是排列在尾巴上的一圈圈黑毛。尾巴主体的毛色，除开黑圈，是浮着一抹淡黄的灰棕色，跟浣熊身体的颜色一样。

我正纳闷它是不是被击中了。我觉得它确实是被击中了，因为它看上去有点儿爬不稳。

这时，一个打滑，它沿着树干径直跌落到地上，正好落在大伙儿中间。

顿时，狗吠并起，孩子们吱吱喳喳，大人们则大声呵斥，斥退三条想要扑上来把浣熊的美丽毛皮撕成碎片的狗。要真被撕碎了，那熊皮到了毛皮商贩那里，就连一分钱都不值了。

但一只狗——或者一个男孩——可不会因为

一句话就服服帖帖的，这不，三条狗，包括吉普，跳上前和浣熊厮打了起来。

但是老浣熊先生——或者是浣熊女士，管它是公是母——显然还活得好好的。

它背靠着树，撑坐着，挥舞着前爪愤怒地乱挠一气，密西生气的时候就是这么干的。

它尖声嘶叫，又抓又挠又咬，还不时地向狗扑过去。

不一会儿，只见老保尔灰蓝色的耳朵尖在流血，显然，浣熊的牙齿咬到了它的耳朵，老保尔一下蹦跳开，耳朵被撕裂了。

它们缠斗个不停。一片喊叫声——又混乱又急促——大人们和孩子们都冲着对方大喊，也冲着狗大叫，三条狗兴奋地冲着浣熊吠叫，叫喊声此起彼伏。

但这样的混战一般持续不了多久。总之，发生了一桩杂耍爸爸说过的极少会发生的事

情——混战停息了,那只疯狂的浣熊——或者说聪明的浣熊,我也说不准——做了一件浣熊很少会做的事情。突然之间,它像负鼠那样蜷成了一个球,就像那只我们刚刚抓到的负鼠那样,开始装睡或者装死,也许是打算趁我们松懈下来的时候,偷偷摸摸地开溜。

几条狗大吃一惊。它们往后退开,低头看着这个一动不动的灰棕色毛团,嘴里喘着气;它们的舌头耷拉着,嘴边淌挂着唾液,胸脯快速地一起一伏。

杂耍的爸爸和那个帮手大声地呵斥它们,这时,它们总算听话了。

"噢,真没劲!"诗集说,"原来又是一只负鼠!"

"才不是!"杂耍说,"它只是在装死!"

它的确在装死。

杂耍的爸爸把猎狗训练得非常好,不然它们

早就把浣熊的毛皮咬坏了。

他用最严厉、最生硬的口气呵斥它们，猎狗们像斗败了一样缩到他身后，看上去伤心极了。杂耍的爸爸抓住它们的项圈，它们虽然老实了一点，但仍然像跃跃欲试的赛马一样，一有机会就会冲上去，干掉那只浣熊。不过，攻击一个已经不再还手的对手，已经毫无乐趣可言了。

总之，接下来发生的事情一点也不有趣，甚至有点伤感。小吉别过脸去，我差点也别过脸去，因为我不愿意看到那只浣熊被杀。

再后来，我们躲在一个陡岸边，在一个温暖的火堆旁团团围坐，火中的木头噼啪作响，明亮的火苗直冲向黑色的天空。我和小吉从河滩上捡来了一段枯木，安坐在上面，静静观看大人们给浣熊剥皮。我心里很难过，但同时又想到，杂耍一家可以拿毛皮换钱，去买食物、衣服和其他生活必需品了。

　　小吉又一次抓住我的胳膊，他有话要对我说时，经常这么干。于是我向他那边靠了靠，他凑在我耳朵边上说："《圣经》里有这么一段，在亚当和夏娃犯下原罪之后，上帝亲手做了皮衣给他们穿。"

　　我想起自己在《圣经故事》里读到过这个故事，但印象已经模糊了。

　　蜻蜓在我另一边，端坐在枯木的一个节瘤上面，他说："他为什么要做皮衣？亚当和夏娃没别的衣服穿吗？"

　　我压根儿就没考虑过这个问题，于是随口说道："也许他们没有。"

　　诗集也在听，他爸妈对《圣经》可颇有研究，他说："如果上帝给他们穿的是皮衣，那一定意味着有动物遭了殃。"

　　我坐在那里，看着火苗在火堆上方跳动，陷入了沉思；看着火星像黄色的雨点不是往下落，而是向高处喷溅；看着大人们忙着剥浣熊皮，我心里琢磨着：为什么动物们的命运这么悲惨？为什么人会感到疼痛，尤其是牙疼？为什么世界上会存在牙医这种人，他们居然会选在星期六早上8点替别人补牙？

　　提起牙医和牙齿，我想起了我的便餐。我一直随身带着它，没有动过，也没有半路遗落，我现在可正饿得慌呢。

　　很快浣熊皮就剥好了，漂亮的皮筒子卷成一团，塞进了杂耍爸爸的大口袋里——他身穿猎人装，上面有好多口袋。这时，杂耍的爸爸对我们发话了："现在，小伙子们，有一个惊喜在等着我们，你们准备好了吗？"

　　"惊喜"这个词我最喜欢了。不管是什么样的惊喜，我都已经准备好了。何况我现在已经非常饿了。

　　布朗先生拿起浣熊的尸体，走到火堆边。

"有谁饿了吗？"他问。

什么？我暗想，他该不是要烤……

还好，我想错了，杂耍爸爸接下来的举动，让我更喜欢他了。

他只在火边站了几秒钟，然后走到一小丛野玫瑰旁，别看它现在光秃秃的，夏天会开满漂亮的红玫瑰。我注视着他。

他站在那里，背对着我们，我听到他在小声嘀咕："老浣熊，我很抱歉，可你老是偷我们的鸡，偷得实在太厉害了。总之，要谢谢你这一身温暖的好毛皮，我有一大家子要养活，你可帮了大忙了。"

接下来我就听不清了。

这个高大强壮的男人说完，把浣熊的尸体放在玫瑰丛里，走了回来。看得出来，他是个心地善良的人。

好一会儿，他的脸上没有一丝微笑。接

着，他转过脸去，大声喊道："大家准备好了吗？"

我们早就都准备好了，纷纷答应。

"跟我走吧，"丹·布朗说，"惊喜就在前面等着我们。"

我迫不及待地跟上，想看看到底是什么惊喜。

5

特别的黄樟茶会

我性子很急,无论是等什么,总会迫不及待。还好眼前这个惊喜并没有让我们等太久。我们所有的人欢快地穿过树林,沿着糖溪,沿着那条小路,向那棵老无花果树走去。

你一定还记得,在这棵无花果树周围发生过很多大事。你也一定还记得,糖溪帮在乘坐飞机旅行时遭遇过暴风雨,我们当时坐在飞机上,穿越暴风雨云去芝加哥。在我们旅行回来之后,一个阳光明媚的下午,大家正在树林里玩耍,蜻蜓发现山脚下那棵老无花果树的树根旁有一个凹凸不平的洞口,眼睛大大的蜻蜓总能第一个发现新东西。

在暴风雨肆虐时,闪电击中了这棵无花果树,击穿了整个树干,留下了一个又大又长、参差弯曲的白色裂口,裂口直达根部,深入土壤,显露出一个洞穴的入口。接下来的故事你一定知道了——我们走进洞口,发现洞口跟鲇鱼的嘴巴像极了。你也许还记得,在一个漆黑的夜晚,我们在洞里看到了一个鬼魂,或者别的什么。

洞口里面有一块石头,是一道遮蔽的"门",当石头被移开,我们看到一个黑黑的山洞直通向山腹,山洞看上去幽深得没有尽头,事实证明山洞的确很长。

当时我们全都走了进去——但这是另一个故事了,我曾经讲过的。现在要告诉你的是现在当我们,包括吉普那条一文不值的笨狗,都走进去之后,又发生了什么故事。

很快我们就来到了那棵无花果树下,这里离著名的糖溪沼泽不远,我们看着挂在洞穴入口处的那块大帆布帘。

"好像有人来过这里。"蜻蜓对我说。

的确有人来过,帆布上别着一个信封。

所有人都停了下来。大吉身为糖溪帮的老大,上前查看信封里到底装了什么。我们紧紧盯着他的一举一动——他取下信封,信封上写着"致糖溪帮"。

"拆开读读吧!"杂耍的爸爸说。

我站在大吉旁边,为他打手电筒,大吉打开信封,读了起来。他读的时候,我注意到他的上唇有一层柔软的绒毛,我记得不到两个月前他刚刚刮过。

"大声读出来。"丹·布朗说。

大吉照办了,用他那已经开始变声的声音读道:

"糖溪帮的各位成员:注意了,今晚将在鸟巢举办一个特别的黄樟茶会,恭候你们大驾光临,快点过来吧!"

我越过大吉的胳膊，看到纸条上的字迹歪歪扭扭，的确是帕老头写的，下面还有他的签名：西内思·帕德乐。

"棒极了！"诗集叫了起来。他总是很饿，时刻准备着饱餐一顿。

但现在大家可是全都饿了。我们迫不及待地走进洞穴，沿着窄小的通道向帕老头的木屋走去。

煤油灯和手电筒都亮着，照亮了前方的路。一眨眼工夫，我们全都走进了鲇鱼嘴一样的洞口，穿过原本被石头遮蔽的暗道入口，放眼望进去，只见洞穴里面到处都是石头。

我们一个接一个地走了进去。一路上的通道都太狭窄，容不下两个人并排走；至于诗集，碰到狭窄处，单独挤过去都有点够呛。

三条狗也跟在我们身后，它们脸上的表情很机警，仿佛搞不清楚到底是什么状况，不确定前

方到底安不安全，于是小心翼翼地跟在我们后面。吉普有点吓坏了，也许长这么大，它还从来没走进过任何洞穴。

我注意到，三条狗的脖子上都戴着皮圈，皮圈上都挂了一块铜牌，上面刻着"镇狗牌"和一个数字。在糖溪镇，没有狗牌，谁也不准养狗。要是有一条没戴狗牌的狗在外面四处乱跑的话，警察马上就会来把它抓走，关进狗笼，就是所谓的"认领笼"。除非有人前来认领并支付狗牌的钱，否则这条狗算是死定了。

得，我们就这样走啊走，走啊走。硬实的岩石地面上散布着小石头和沙子，磕碰着、摩擦着我们的鞋子。我们不时得弯腰曲背，挤过一些低矮的地方。在一个特别狭隘的地方，通道两旁各有一块突出的岩石，我们不得不硬挤过去。

尽管有惊喜在前面等着我们，我却一直闷闷不乐。一旦到了帕老头的木屋，我就得待在那里，不管夜间狩猎有没有结束，11点我必须等在那里。但现在时间还早着呢，所以我觉得没必要自寻烦恼，尽量先玩个痛快再说。

　　一文不值的笨狗吉普紧紧地跟着蜻蜓，仿佛吓破了胆，这让诗集想起了罗伯特·史蒂文森的一首诗。他背了出来：

我有一个小影子，
一刻不离跟着我。
他到底有啥用，
我还没发现。
从头到脚跟，
和我一个样。
我一下跳上床，
他跳得比我快。

　　然后，诗集用顽皮的腔调，一遍又一遍地背

着这首诗,存心要让蜻蜓听见。

我有一条小笨狗,
一刻不离跟着我。
他到底有啥用,
我还没发现。
从头到脚跟,
和我一个样——

背到这里,诗集的声音戛然而止,因为这时蜻蜓已经扑到了他身上。

我们一路走着,大家心情都很愉快,很快我们就来到一扇沉重的木门前。

大伙儿站在一旁,大吉上前去敲门。没有人惊慌失措,因为我们以前来过这儿。我想起那个和蔼的帕老头,他非常喜欢孩子,懂得如何让孩子们快乐,如何让孩子们学好。他更懂得如何鼓励一个男孩子，让他自己去学好。

我感到有谁在拽我的胳膊，又是小吉，他有什么事情要告诉我。我侧耳恭听。你肯定猜不到，这个短腿小家伙用他那小老鼠般尖细的声音跟我说了些什么。一路走来，他肯定一直在琢磨那只浣熊的遭遇，琢磨那个《圣经》故事——亚当和夏娃需要衣服遮体时，为什么上帝赐给他们的是皮衣？你猜得出他说了什么吗？

他说："比尔，等我们进了帕老头的木屋，到了楼上，围在壁炉边，喝黄樟茶、吃茶点时，我希望你不要介意，我想请他给我们讲讲……"他停了下来。

"请他给我们讲什么？"我说，低头看着他的脸，这时，大吉又在木门上敲了敲，想引起屋里人的注意。

小吉赶紧说完接下来的半句话："你不介意的话，我想问问帕老头，为什么亚当和夏娃非得

穿用动物毛皮做的皮衣呢？"

这时，我们听到屋里传来声音，好像有人正走下楼梯，然后一个和蔼苍老的声音颤巍巍地问："是谁啊？"

大吉隔着门喊道："是糖溪帮来了！"

哇噢！听到这句话，我浑身一震。我喜欢糖溪帮，这是一帮了不起的男孩儿，能成为其中的一员，我非常自豪，尽管我本人并没有什么了不起。

大家等着帕老头的回话，等他快点过来开门，我却陷入了沉思，总觉得还有一件托付给我的事尚未完成，还有一句嘱咐过我的话尚未传达。

到底是什么来着？我问自己。

我搜遍脑海的每个角落，可就是想不起来。

门的另一边响起一连串动静，铁门闩抬起来了，铁插销拉开了，门把手拧开了。巨大的橡木门终于打开了,里面就是帕老头木屋的地窖。

我们赶紧跑进地窖,爬上木梯,进了温暖的木屋。壁炉里生着一堆熊熊燃烧的火,小火炉上烧着热水壶,壶嘴里喷着蒸汽,发出悦耳的呜呜声。

大吉把木门重新关上,我们每个人随便找个地方就坐了下来。椅子上、地板上,到处都坐满了人。

身处温暖的木屋,火暖和了我们的脸和手,身上刺骨的寒气总算被驱走了。蜻蜓和我紧挨着坐在那张大藤椅上。火堆里,烧裂的木头噼啪作响,听起来非常悦耳。火的噼啪声和茶壶的呜呜声应和着,简直就像音乐。我低头看着小吉,他紧挨着大吉坐在壁炉边的一块木头上,瞧小吉一脸陶醉的样子,仿佛他也在聆听这首茶壶和火焰合奏的乐曲呢。他凝神注视饥饿的火苗吞噬着木头。此刻,每个人都在对别人大呼小叫,却根本

没有人在听,教堂里那帮中年妇女来我们家帮忙做针线活时,也是这样闹哄哄的。

在这一团喧闹里,我根本插不进半句话,所以干脆四下里观察起屋里的摆设来。在火炉上,茶壶旁边还放着一口热气腾腾的铁锅,里面煮着一些黄樟木的红色根须。热水已经变成了红色,看来茶已经可以喝了——也许帕老头早就把茶煮上了。

我环顾四周,看着同伴们。帕老头最近给这木屋取了个新名字,叫做"鸟巢"。我不禁想,我们这一大帮人闹哄哄地挤在这里,椅子上、地上,到处都坐得满满的,我们的确挺像一窝怪模怪样的鸟。诗集圆桶一样的身上穿着淡棕色皮夹克,头上仍然戴着那顶绿色灯芯绒帽子,脚上仍然穿着那双靴底贴了橡胶的高帮皮靴。坐在我边上的蜻蜓细杆腿,鹰钩鼻,这只大鼻子就在我眼前晃来晃去,就跟白天照镜子打量自己的脸一样，被我看得清清楚楚。他咧开嘴微笑着，两只大门牙闪闪发亮，又让我想起明天早上8点钟的牙医。旁边还坐着小吉，已经摘掉了帽子——一进屋，他总会记得摘帽子，无需别人提醒。到处都丢着各种尺寸和式样的手套——事实上，总共有18只——加上杂耍的爸爸、大吉爸爸雇的帮手，还有帕老头，我们不折不扣就是一窝吵吵嚷嚷的饿鸟。

我扭头四顾，又看到了别的稀奇玩意儿。在木屋的另一头，帕老头整洁的床铺靠在墙边，旁边是通往阁楼的窄梯，阁楼我还从来没上去过，但希望有一天能上去瞧瞧。床铺上方的墙上挂着一把枪管很长的燧发枪，是南北战争时人们使用的来复枪。枪的旁边还挂着一只牛角，是所谓的火药牛角，是当时的人们用来装火药的。

另一面墙上挂着一个用电池的收音机，收音机上方挂着一张大大的四四方方的世界地图。地

图的四个角用图钉按在木墙上。帕老头用不同颜色的大头钉在地图的不同地方做了标记。中国和日本，钉着黄色大头钉；南美洲某些地方，钉着红色大头钉；非洲，钉着黑色大头钉；墨西哥、巴西、佛罗里达下方的某些小岛，钉着棕色大头钉；一个名叫海地的小岛上钉着黑色大头钉；在形状像条毛毛虫的棕榈树岛上，钉着好几个淡棕色大头钉。

看到棕榈树岛这个名字，我终于想起那句要传达的话了——爸爸要我给帕老头捎句话："告诉帕老头，明天我会去拜访他，跟他讲讲棕榈树岛的事儿。"

我得另找机会，才能和他说上话，现在还没法告诉他，因为每个人都在对别人大呼小叫，却根本没有人在听。

等大家坐定，帕老头马上就给大家倒起茶来。茶在茶壶旁边的大锅里，已经在火炉上煮沸很久了，这是一种大家都很喜欢喝的红茶，小吉尤其喜欢。桌上有一大碗白糖和很多很多杯子，足够整个糖溪帮和大人们喝了，三条狗要是想喝的话也足够了。我忘了说，三条狗正趴在地板上，眼睛半开半闭，昏昏沉沉地打着盹呢。它们在外面的寒夜里追猎得那么卖力，现在肯定困得不行了。它们就像那些在冬令时节来糖溪教堂做礼拜的农夫：一连六天在寒冷的地里劳作使他们累坏了，牧师刚开始布道，他们就在椅子上打起盹来。不过这可不是牧师的错，因为他的布道都是精心准备过的，很能触动人心。

总之，三条狗趴在温暖的火堆前昏昏欲睡。一分钟之后，茶都倒好了，糖也加了，大家有的坐着，有的半坐半躺，挤满了整个屋子。有几个人坐在桌子旁边，杯碟在桌上摆开，其他人则顺手一放，把杯子、盘子摊在膝上、腿上、地上。这样才像个非正式茶会嘛。

还有饼干和蛋糕当茶点。但我敢肯定,这些饼干不是帕老头自己烤的。因为我在自己家的饼干罐子里见过一模一样的饼干,我自己都还没尝过呢。那天我刚要拿来吃,被妈妈看到了,她说:"比尔·柯林斯!要想吃饼干得先经过我的同意,说不定我还要用来招待客人呢。"

身为一个好男孩,我不得不留心罐子里是否存有足够的饼干招待来访的客人。我不再开口要饼干吃,但是我知道,要是我以前少要几次,别总是把罐子掏空,我还是能吃到一块——甚至两块的。

这个茶会算不上隆重,但帕老头的木屋可真是个温馨的地方。这个白胡子老头眯着一双灰绿色的眼睛,戴着一副厚厚的近视眼镜,是我见过的最快活的老头。我常常纳闷,他为什么总能够乐呵呵的,因为我可见过一些坏脾气的老头。爸爸跟我说过一句话,我觉得很有道理:"一个老头乐呵呵的，就连魔鬼也诱惑不了他。"

我看着帕老头，心想，魔鬼还没有也绝对不可能诱惑得了他。因为上帝已经提前俘获了他的心。帕老头非常乐意当一个基督徒，要是不能成为耶稣的朋友，他宁愿放弃生命。

小吉扭头看了我一眼。他伸脚用靴尖碰了碰我的后脚跟，我明白，他这是要向帕老头开口，问他那个重要问题了。

我点了点头，示意他我已经准备好洗耳恭听了。现在正是问这个问题的好时机，因为大家正在谈论那只浣熊。事实上，刚进屋时杂耍的爸爸就从猎人装的口袋里掏出了那件漂亮的灰色皮筒子，挂在门边一个自制的木头衣架上。此刻，他正在和帕老头闲聊，指给他看浣熊尾巴上的七个黑圈，向他展示毛皮的柔软和美丽。看着毛皮，我们又想起了刚刚的那场追逐，那一下枪击，浣熊和狗在树下的那场打斗。

　　帕老头眯起灰绿色的眼睛，细细欣赏着这件毛皮。他说："这让我想起猎人老汤姆的一个故事。"接着，他就讲起了这个故事，他的胡子一翘一翘的，话音颤颤巍巍，让小吉不禁面露微笑，他非常喜欢这个和蔼的老头。事实上，从一开始，帕老头就打算给我们讲讲这个故事，杂耍的爸爸这么一问，正中他的下怀，他可以用这个惊险的故事，给糖溪帮的夜猎之旅增添一点儿欢乐。

　　故事讲述一个设陷阱捕猎的人，一天早晨前去查看陷阱时，被印第安人射了一箭……不过，这里可没时间复述了。老汤姆（故事的主人公）很久以前也住在糖溪岸边，那时候，帕老头和他的孪生兄弟还是小男孩儿。也许，将来的某一天，我会让帕老头再给糖溪帮讲一遍这个故事，到时候，在以后的书里，我会把这个故事写下来。

那个惊险故事一讲完，小吉又用靴尖碰了碰我。他正要开口，杂耍的爸爸看了看他那只怀表，又看了看那只灰蓝色的猎狗，喊道："好了，保尔！该继续上路了！"

那条猎狗一下子就清醒了过来。我多么希望，早上爸爸喊我起床的时候，我也能清醒得那么利索啊——当然，如果是星期六早晨，还有一颗牙要补，那就算了。老保尔甚至都没伸个懒腰，打个哈欠，从喉咙里弄出点怪声，大多数狗醒来的时候都会这样干。它忽地爬了起来，比杂耍爬树还快，一下子就冲到了小木屋的门前，小声呜咽着，爪子挠着门，还回头望了望丹·布朗。它仿佛用狗类的语言在说："嘿，我们到底还在等什么啊？还不赶紧出发？"

这时，丹·布朗又喊了一声："索尔！醒醒！"

一身锈红色皮毛的老索尔，在树林里嚎叫起

来是多么低沉有力,而此刻,它却只发出一声沉闷的呜咽,慢慢睁开了红棕色的眼睛。它抬头懒洋洋地看了一眼杂耍的爸爸,勉为其难地缓缓摇了摇长尾巴,接着又把眼睛闭上了。我突然想起一个男孩,也长着锈红色的头发,他也经常这样赖床,我顿时感觉,比起警醒的老保尔,自己更喜欢赖床的老索尔。

　　大人们以及杂耍和大吉,嚷嚷着站起身,穿上外套,戴上手套,拿起灯笼,整装待发。我们目送他们走下木屋门前的小路,路过泉眼和柴房。屋里很暖和,让门敞开一会儿也不要紧。我们四个最小的男孩站在门口,看着他们慢慢走远,一路上灯笼来回晃悠,影子四处乱窜。吉普又想跟着一起去,它激动得浑身颤抖,蹲在门边,抬头眼巴巴地看着蜻蜓。

　　一想到我们不能跟着一起去,心里真不是滋味。虽然我能理解,一个男孩儿不能奢望找遍这世界上所有的乐子，而应当满足于已经得到的乐趣，但我还是要说，一个头发红彤彤、面孔红扑扑、75磅①重的男孩儿，就算已经得到了许多乐趣，也还是渴望去找更多乐子的。

想到不能跟着一起去，我感到喉咙里有点哽咽。有那么一会儿，我很恼火爸爸竟然在周六早上8点让我去牙医那里补牙。我也生那个牙医的气。

我们正要关上门返回屋里，等小吉的爸爸来接我们，这时从远处山上的树林里传来一声高亢的长啸，既像是潜鸟在啼叫，又像是猫头鹰在颤声尖叫。这是老保尔又发现了一处新的踪迹："呜——"

仿佛它正隔着山谷呼唤老索尔，我们听到老索尔用浑厚低沉的中音作答："呜——"一听就知道，又一场追猎开始了。

---

① 1磅等于0.4536千克，75磅约为34千克。

　　我们听了一会儿才走进小木屋，关上门。还得闷闷不乐地等上半小时，小吉的爸爸才会来接我们。

　　我们在温暖的火堆旁坐下，有的甚至躺了下来。我暗想，这下小吉总算可以问亚当和夏娃穿皮衣的事儿了。连我也很想知道帕老头如何解答，我猜很可能是因为看到小吉对这个问题那么上心。

　　我向帕老头提议，也许我们可以打开收音机听听广播节目。

　　帕老头走到收音机旁，正要打开收音机，这时，我们听到脚步声从下面的地洞里传来。这人奔跑得很急促，不像是小吉爸爸的脚步声。

　　地窖的木门上没有传来敲门声，而是传来了别的声音。

　　重重的砸门声，一下，又一下。一个惊慌的声音喊道："让我进去！开门让我进去！快开门！"

6

到底是谁的喊叫?

"开门让我进去!快开门!"这沙哑惊慌的喊叫声,听着像谁的声音——这到底是谁的喊叫?

我看着小吉长得像小老鼠一样的脸庞,他坐在那里,攥紧了拳头。他警觉地四处张望,抓起了那根一直随身携带着的木棍。木棍就搁在他身旁,一半剥了皮,一半没剥,看上去像一根长长的棒棒糖。他一抓起木棍,看上去马上就底气十足,勇敢多了。

蜻蜓那蜻蜓般的大眼睛睁得大大的。他的拳头也攥得紧紧的。

诗集看上去一脸迷惑,仿佛吓蒙了。我猜想,也许他正打算背一首应景的诗,可绞尽脑汁也没想起来。

吉普,这条一文不值的笨狗,直挺挺地站在

那里，一截短尾巴也直挺挺地竖着。它这副样子看着倒是挺英勇的。它嘴巴里发出低沉沙哑的呜呜声，吠叫时带着咆哮，有一股压抑的愤怒，杀气腾腾，背脊上一溜棕色的脊毛倒竖着，仿佛在发出警告："我很厉害的！我不会让任何人随随便便就破门而入，闯进屋里来。"

楼下地窖的木门上又传来急促的砸门声。

帕老头把火挑旺，转过头对我们说："嘘！孩子们，你们赶紧到阁楼上去。嘘！尽量别出声！我来处理。快点去，安安静静待在上面，别闹出什么动静。"

惊险的事情迫在眉睫，我可不愿躲到阁楼上去。但帕老头刚刚说话的语气一本正经，已经不再和蔼——我爸爸那一双浓眉垂下来时，低沉的声音也会突然变得一本正经。

尽管不太情愿，我还是跟着小吉和蜻蜓爬上了阁楼。诗集跟在我后面爬，每个人都不免闹出

了一些动静。

阁楼里面一团漆黑,木屋墙上挂着的煤油灯把光从楼梯口照射进来,地板上有一两个破洞,也漏了一点光进来,我们才勉强看得见。

我看到阁楼里堆着一张儿童床,一张梳妆台,一些箱子,一张写字台,一架老式纺车和其他一些东西。

我都忘了那条艾尔谷犬,但我们不必为它担心。当它看到我们全都爬上了梯子,肯定是觉得阁楼里一定很好玩,这不,它早就跟着爬上来了,此时正蹲在蜻蜓身旁。不过它实在是有点闹腾,一点也不安静。

我觉得,既然大吉不在,我应该承担起维持秩序的责任,我琢磨了一下要是大吉在他会怎么办。于是,我压低了声音说:"大家保持安静,不要乱动,不要说话,不要发出任何声音!"发号施令的感觉好极了,有那么一会儿，我简直以为自己就是个将军，所有的士兵都听从我的命令。我的命令！我顿时感到自信心膨胀，仿佛自己一下子变得高大威武起来。

我趴在地板上，从一个破洞往下窥探。我能看到整个房间的情形——许多杯子和碟子堆在桌上还没洗；木头在壁炉里劈啪作响；火炉上的茶壶懒懒地喷着小缕蒸汽，因为它被挪开了，没放在火口上；墙边放着收音机，墙上挂着世界地图；帕老头拉着地板门的圆环，一下拉开了地板门。我看到了通往地窖的黑黑的洞口，木头楼梯就架在洞口上。

"稍等一下！"帕老头冲着洞口喊道，听上去非常沉着稳重，没有一丝一毫的慌张。此刻的帕老头和我平时见到的有点不太一样。但不管怎样，我不愿让他独自应付一个不速之客，那家伙也许是个罪犯，帕老头可能会受到伤害的。

我趴在楼梯口，抓着小吉手中棍子的另一

端。要是帕老头需要帮助，不到两秒钟，我就能冲下楼梯，下到地窖里。

我抖得像吉普一样厉害，感觉到棍子另一头也在发抖。

这时蜻蜓小声说："快听！"

我侧耳倾听，蜻蜓又低声说："那是老鹰钩鼻约翰·提耳的声音！"

这时，帕老头在地窖里喊道："是谁在那儿？"那个惊慌的声音回答："我是约翰·提耳，快让我进去。我很冷。我快冻僵了。"

今天夜里是挺冷，但还不是冷得最厉害的时候。不过，我转念一想，提耳身上可能没穿多少衣服。

知道来的是他，我反倒不像刚刚那么慌张了，尽管约翰·提耳和我交情不佳。自从我们和他在我家的燕麦地里打了一架，我们就不可能成为好朋友了。当时，他给了杂耍的爸爸一些威士忌。那天我非常生气，跳上去帮着杂耍一起打他，左一拳，右一拳，在他的鹰钩鼻上足足打了四秒钟，然后，他一拳击中了我的下巴，结束了这场短暂的打斗。我永远也忘不了这一拳。

我趴在那儿，紧紧地贴在阁楼地板上，眼睛紧盯着那扇地板门，我竖起耳朵，倾听每一个动静。我听到通往山洞的木门被打开，门轴吱嘎作响，约翰·提耳说："谢谢！"听到他说谢谢，我颇感惊讶。

又过了一会儿，约翰先从楼梯上爬了上来。他是一个长相丑陋的大块头，长着一个鹰钩鼻，乱糟糟的头发从黑色毡帽下面露出来，紧紧地贴在前额上。他手里拿着的手电筒仍然亮着，靴子上都是泥巴，看着好像去过老无花果树旁的沼泽。他身上没穿什么外套，怪不得很冷。帕老头跟着爬了上来，关上了地板门。约

翰·提尔一屁股坐在地板门旁的一张椅子上,伸出没戴手套的手,在火堆上烤火。

接着,我看到帕老头从碗柜里拿了个干净杯子,倒了一杯黄樟茶,把茶和一块三明治递给了这个又冷又饿的人。

约翰·提耳没说一句话,但他警觉地四下张望,好像还心有余悸。我很高兴,茶壶还在呜呜作响,掩饰了我们在楼上发出的动静。我听到大家沉重的喘息声,感到自己的心在怦怦直跳,感到小吉握着棍子的手在抖个不停。

我闻到吉普的味道,它离我的鼻子实在是太近了,我也闻到楼下飘来的黄樟茶香。

这时,我看到约翰·提耳一下子跳了起来,好像有什么动静惊吓到了他。

"只不过是断了一根枯枝,外面有棵老松树。"帕老头解释说,"再来杯茶怎么样?给你,这儿还有一块刚刚吃剩下的三明治,你肯定饿了。"

你真该看看他吃东西的样子——他一把从盘子里抓过了那块三明治。

我自己带来的便餐桶仍然放在火堆旁。因为帕老头为大家准备了足够的点心,所以我就没有打开过。

过了一会儿,坐在桌子旁的帕老头从壁炉架上取下一本黑色封面的书,放在桌上,就放在他手边。我知道这是一本什么书,小吉肯定也知道,因为他就趴在我旁边。

帕老头的话音又变得和蔼起来,因为他知道了来者的身份,知道约翰·提耳不会伤害他。

"提耳先生,"他说,"你的儿子鲍勃是个非常正派的男孩儿。我们都很为他骄傲,我想你一定也以他为荣。"

你猜怎么着?老鹰钩鼻约翰·提耳竟然有点哽咽,他沙哑着嗓子说:"他变得懂事多了,我

猜到也许是你,你——"

"不,不是我,"老人说,伸出一只手,搭在约翰·提耳的肩头,"这力量来自……"

我知道他接下来要说些什么,小吉也知道,诗集可能也知道,因为这时,他们两个也都把手搭在我的两个肩头上。我知道帕老头会说,是全能上帝的力量改变了鲍勃,他确信如此,事实也正是如此。

"这力量来自上帝,约翰——这力量也会改变你的生活,只要你给上帝一个机会。对上帝来说,这并非难事。"

帕老头的话刚说完,约翰·提耳就摘下他的黑毡帽,鞠了个躬。我真的看到几颗大大的泪珠从他眼里冒出来,落在粗糙的木地板上,就滴在地板门环旁边。

我不敢相信自己的眼睛。这绝不可能!这绝对不是老鹰钩鼻约翰·提耳的作风,我心想。

像他这样的人永远不会悔改。他们一直都会邪恶、刻薄，直至死到临头……

帕老头粗糙的手掌仍然搭在约翰的肩头上，他说："听着，约翰。"——帕老头的声音也有点哽咽了，我知道，他对这个刻薄的男人不只是心存关怀，甚至还以博爱之心去怜悯他——"听着，约翰，我很想知道，你愿不愿意我现在就为你祈祷。你的两个儿子应该有个信仰基督的好父亲，提耳夫人也有权利过得快乐一点儿，她从来没快乐过，除非……"

约翰·提耳全身在颤抖，仿佛仍然感到很冷似的。

蜻蜓也这么想，他对着我的右耳小声说："他一定是受了寒，很可能要得肺炎了。"不过他错了。

事实上提耳并不是因为冷才发抖的。

"看这儿。"帕老头和蔼地说。在我的视

线下方,约翰·提耳眼前摆着老人那本摊开的《圣经》。约翰的嗓音略带哭腔,他读了起来。我们在楼上听到了这么一段——只是其中一小段,因为我们听得不是很清楚:"……凡求告主名的,就必得救。"

那会儿,我还以为约翰·提耳会当场跪倒在壁炉边,听从这句话的指示,向上帝祈求得救呢。

但是,他站直了身子,摇了摇头,从口袋里掏出一块花手绢,擦了擦眼睛,抹了抹鼻涕,说:"今晚不行。不,今晚不行!警察正在追我,我不能当个懦夫。这时候我不能变得软弱,求助于宗教。"

帕老头正要再给他念一句经文,这时,我听到门外响起一个声音,听着像是松树上一根枯枝断落,又像是别的动静。

我琢磨着,是不是已经11点了,是小吉的爸爸来接我们了吧。

约翰·提耳一定也听到了。他一下子跳了起来，侧耳倾听，一脸的警觉。他跳起来之后四处张望，似乎是要找个地方藏起来。这时，他看到了通往阁楼的楼梯，声音沙哑地说："你对我的儿子很仁慈，对我也行行好吧。今晚就让我躲在这儿。要是警察来了，你就说我不在这儿。告诉他们你从来没见过我。告诉他们……"

外面又响起了一个声音，像是几个人在泉眼那里交谈，并且准备朝柴房和木屋走来。

约翰·提耳赶紧爬上木梯，三步并作两步蹬蹬蹬往上爬。

我也不知道为什么，当时会忍不住打了个喷嚏，吉普的嘴巴里也发出了低沉沙哑的咆哮声，但这两件事就这么同时发生了。

"阿嚏！"我狠狠地打了个喷嚏。

"嗷——"小笨狗发出咆哮。

　　约翰·提耳一下子停住,紧张地四处张望。下一秒,只见他扑向地板门,一把拽开门,再下一秒,他已经下了楼梯,跑进了地窖。

　　地窖里沉重的橡木门被推开,又砰地关上,我听到急促的脚步声在山洞里响起,向老无花果树那里跑去。

7
关于棕榈树岛的事

嘎吱！砰！嘎吱，嘎吱，嘎吱，嘎吱……一连串动静之后，老鹰钩鼻约翰·提耳跑远了。

我们立马就下了楼。当我下到地板上时，诗集、小吉、蜻蜓早就在那儿了，事实上，连吉普也比我早下来。

帕老头站在桌旁，一脸震惊的表情。他左手还捧着那本黑皮面《圣经》。我从没见过谁的表情比他现在的样子更失望。

"好吧，孩子们——"他开了个头，又停下不说了。我们都看着他的眼睛——里面的闪光都不见了。他那长长的白胡子抖个不停，我猜他的嘴唇也在哆嗦。

我也不知道为什么会认为自己听到了外面有说话声。我们打开门张望，还大声呼唤，但并没有人回答。

我最后认定，是想象力在作怪，让我觉得有警察找过来了。

我记起小吉的爸爸跟小吉说过，好像警察正在追捕约翰·提耳——小吉还告诉过我，我们应当为他祈祷。这些事情在我脑子里搅成了一团，所以当我听到老松树上枯枝断落的声音，还以为是人的说话声。不过，话说回来，也许真的是有说话声呢，我也不确定。

我们站在那儿，看着伸下地窖的梯子，焦急地跺着脚。知道约翰·提耳已经跑远了，我开始担心，小吉的爸爸随时可能会赶来，两人会在半道狭路相逢。也可能警察一直对约翰·提耳紧追不舍，这会儿正在洞穴口等着他呢，他会被逮个正着的。

我真为他感到惋惜。

"好吧，孩子们，我想我们搞错了，"帕

老头颤巍巍地说,"我们得为鲍勃·提耳的父亲祈祷。"当他说起"鲍勃的父亲",我就知道,他想要约翰得拯救,很重要的原因是为了鲍勃着想。

我们把地板门重新放下,坐在壁炉边的椅子上。我打开我的便餐桶,把食物分给其他人。我们等着小吉的爸爸来接我们,但不知道他会从哪个门里冒出来。我们五个正安安静静坐着,突然,小吉终于憋不住了,抛出了那个问题。

"帕德乐先生,在看大人们剥浣熊皮时,我们想起了《圣经》里的那个故事,上帝用动物的毛皮做了皮衣,给亚当和夏娃穿,我们很想知道他为什么要这么做。"

听到这个小家伙竟然问出这样的问题,帕老头很是惊讶,看得出来,他想把正确的解答立刻告诉我们。一个小男孩会对这样的问题感兴趣,再也没有比这更让他开心的事了。他脸上露出了微笑——我看得出他在微笑，因为他的眼睛里又有了闪光——他打开《圣经》，翻到第一部分《创世记》，翻到那一页。

他为我们把那个故事完整地读了一遍，边读边向我们解释，亚当和夏娃是世界上最早的人类，我们所有人都是他们的后裔。

蜻蜓说："我认为穴居人才是这世界上最早的人类。"

帕老头从眼镜上面瞥了他一眼，说："孩子们，请你们在有生之年牢记这件事：世界上第一个人是亚当。说起穴居人，今天在世界上有些地方人们仍然住在洞穴里。我知道得很清楚，因为在环游世界时，我见过这种人。在世界上有些地方，人们甚至仍然住在树上，想想看，就在现在，在这个我们生活其中的世界里。"这个我知道，学校的课本里也讲过。

那个和蔼的人继续解释道："也许我再也

没有机会向你们重申,但我希望你们能在有生之年牢记,你们都知道十字架的故事,知道上帝的独生子,在骷髅地,他被钉在十字架上,钉了整整一天,他的鲜血从血管里流出来。《圣经》上说:'他儿子耶稣的血也洗净我们一切的罪。'"

帕老头给我们讲故事的时候,我仔细听着,仿佛也回到了耶路撒冷,来到了山脚下,站在那个十字架面前,仰头望着蓝蓝的天空。我看到了帕老头所说的那个人的脸庞,血迹斑斑,受着太阳的炙烤。我看到了那两个强盗,被钉在耶稣的两旁。热浪升腾在十字架上方,在炎热的夏天,糖溪边上的玉米地里,也升腾着这样的热浪。我看到围观的人们穿着各式的彩衣。

在这幻象里,我能看到鲜血从耶稣手脚上的伤口里流淌出来,长钉穿透双手,钉入木头做的十字架。突然之间,我对他充满热爱之情,因为我知道《圣经》上说，他被钉在十字架上，是为世界上所有的人赎罪。这意味着他也为我，为糖溪帮所有人赎罪，他也为约翰·提耳赎了罪。

帕老头继续讲故事，大家专心致志地听着。小木屋里除了老人和蔼的话语声，只有壁炉里的木头在噼啪作响，茶壶在嘶嘶轻响。屋外，风在松树的枝条间回响。

我的思绪与风的呜呜声，火的噼啪声，茶壶的嘶嘶声缠绕在一起。我仿佛仍能听见约翰·提耳奔逃时，靴子发出的嘎吱，嘎吱，嘎吱声。我仿佛能听到耶稣的门徒——那个犹大的脚步声。当他意识到自己背叛了耶稣，就跑去吊死在一棵树上。我听到他的脚步声，他深一脚浅一脚，嘎吱，嘎吱，嘎吱，仓皇离城。嘎吱，嘎吱，嘎吱……直到远去，再也听不见。

那故事又把我带回数千年前，那时世界上只有最初的两个人，我站在一个公园般的美丽花园

里……

　　我可不喜欢小吉在这时出声打断。不过他很快地说了句话，让我惊讶不已："上帝为亚当和夏娃做皮衣，是为了遮盖他们的——他们的罪，是这样吗？"

　　帕老头刚才说话的时候戴着眼镜，时不时低头在书上读两句。现在他抬头扫视了我们一眼，摘下眼镜，以便把我们看得更清楚。然后，他说："说得不错，小吉，直到某一天，上帝唯一的儿子前来赦免这罪。"

　　坐在那里聆听那个故事容易得很，但要我照样转述给你听，就有点说来话长了。我还是很高兴，像约翰·提耳（或者比尔·柯林斯）这样的人，也有人看护，无论他去哪儿，都被时刻关注着——不是为了伤害他、杀他，而是为了拯救他。

　　我很高兴，因为当时的人们有伊甸园这样的

故事作为教训，他们更容易理解，将来会出现一个真正的救主。

突然，小吉问："地图上那些彩色的大头钉是干什么用的？"

帕老头欠了一下身又坐了下来，开始说起了那幅世界地图。"好吧，孩子们，"他说，"这是个小秘密，我还从没有对任何人透露过。我想等糖溪帮的人到齐之后，再告诉你们所有人，但今晚先告诉你们四个也无妨。"

地图上那些彩色的大头钉究竟是干什么用的呢？原来每一个他资助的传教士，他都用一个大头钉作标记：黄色大头钉标记着一个在中国传教的传教士，黑色大头钉标记着一个在非洲传教的传教士，棕色大头钉标记着一个在棕色皮肤的人群中传教的传教士——棕色皮肤的人生活在墨西哥，在南美的棕榈树岛。

突然，我记起来了，爸爸还有句话让我转告

帕老头，我说："我爸爸叫我转告您，明天他会来拜访您，跟您讲讲棕榈树岛的事儿。"

帕老头长舒了一口气，微笑着站了起来，像一个老师走过教室那样，走到那幅地图前。他用长长的瘦瘦的手指，指着棕榈树岛说道："孩子们，我希望你们睁大眼睛，好好看看这个岛，去翻翻地理书、历史书和百科全书，好好查查它的资料，作好准备。有一天我会给你们一个惊喜。"

他说完了，话语里带着一种神秘感，让我感觉很兴奋。

"什么样的惊喜呢？"小吉很想知道。

"什么样的惊喜呢？"胖胖的诗集就站在我旁边，也很有礼貌地问道。诗集脸上的表情很严肃，因为他家里有一个剪贴本，上面贴满了他搜集的传教士的照片、地图和相关报道。他爸妈非常高兴，因为他并没有去搜集电影明星的照片

118

和小道消息。尽管平时很顽皮，诗集也会思考一些严肃的问题，哪怕表面上看不出来。

"哦……"老人欲言又止，颤巍巍地说，"孩子们，要是以后有机会，你们想去那里吗？"

我感到自己的心狂跳不已，仿佛快要从胸膛里跳出来了。老人曾经送我们去参加过一次北上的野营之旅，为我们支付了所有的开销，因为他非常喜欢我们，希望我们学习急救，学习野营生活，更多地了解《圣经》。他的侄子巴里·博伊兰在旅途中就教我们读《新约》。我知道是帕老头自己掏钱，把糖溪帮的男孩子们送去芝加哥，在那里我们过得很愉快。我更知道，他有许多钱，但他不愿意胡乱花费，他更愿意与不同的人分享。

你知道我在想什么吗？我在想，也许慷慨的帕老头计划着将来有一天，让糖溪帮沿着佛罗里达的东海岸，乘船或者坐飞机跨越将近一百海里

的海面,去那个美丽的小岛——棕榈树岛游玩呢。诗集曾经跟我说过,哥伦布认为那是世界上最美丽的小岛。

我想去!我想去!我想去!

很快,11点到了,小吉的爸爸该来接我们了。我听到门外传来踏断枯枝的咔嗒声,门上响起了敲门声,来的正是小吉的爸爸。

如你所知,小吉的爸爸是镇上的理事,负责照看那些从学校旷课逃学的男孩子。他是个好人,我们都很喜欢他。他对约翰·提耳的大儿子——大鲍勃·提耳特别关切,政府指定他为鲍勃的假释官。他走进屋里时,我们已经准备好要回家了。

帕老头让我们从地窖走,抄近道去无花果树可以少走很多路,但是不管我们节省多少回家的时间,早晨8点还是会来得很快。

我们打开地窖那扇结实的橡木门,打着手电

筒，身后跟着小笨狗吉普，穿过山洞，向洞口的老无花果树走去。看来这个夜晚我们再也没什么乐子了，于是一路上我们把约翰·提耳和刚刚发生的事儿全都讲给小吉的爸爸听。

"我们凭自己的力量抓住了一只负鼠，"蜻蜓说，"吉普把它追上了树，杂耍爬上树，把它……"

"吉普追浣熊追岔了路，"诗集接过蜻蜓的话茬，继续讲道，"附近碰巧有一只负鼠路过，看着更好欺负，于是它就撇下那头浣熊去撵那只可怜的负鼠，把它赶上了一棵柿子树。"

大伙儿都大笑起来——又开心又闹腾，除了我还在担忧自己牙齿上的洞。我多么希望过去的一年里自己多喝牛奶少吃糖，这样牙齿上就不会有洞了。

我们来到洞口，揭开帆布门帘，再次走进洞外的夜色里。我们走到被雷击过的无花果树

旁。刚走出洞外,小笨狗吉普就竖起了它那怪模怪样的耳朵,仿佛听到了什么。接着它晃着鼻子嗅来嗅去,仿佛嗅到了什么。然后它转过头,凝视鼻子的前方,仿佛在黑暗中看到了什么。它背脊上那一簇棕色的卷毛竖了起来。

它开始呜呜咆哮,接着高声吠叫。然后它像一颗出膛的子弹,穿过树林,沿着那条小径向沼泽飞奔而去。在前方某处,它停下来拼命地吠叫,仿佛已经把什么猎物追上了树,或者发现了一只躲在灌木丛中的野兔。

站在我身旁的蜻蜓高声喊道:"回来,吉普,你这只一文不值的小疯狗!别管那只野兔了!"

但这只艾尔谷犬的叫声里有一种奇怪的焦虑。看起来它并不是冲着一只野兔在叫唤,也许真的发现了以前从没见过的东西,某种非常重要的东西!

"吉普！"蜻蜓又唤了一声，但他的声音被吉普的吠叫淹没了，它好像在恳求我们赶紧过去，去看看它抓到的，或即将抓到的猎物。

我们循着吉普的叫声走了过去，小吉的爸爸在前面开路。但是因为我比他更熟悉这沼泽，他就让我来引路，其他人跟在我身后。我手里握着长手电筒。我知道该怎么落脚，避免踏进泥浆或淤泥。

这时，电筒光照到了吉普——它就在一丛野玫瑰后面，看到我们过来，它叫得更兴奋了。我们加快脚步赶了过去。

突然，一个东西闯进了我的视野，我吓了一跳，不由自主地发出一声尖叫。

那个东西非常怪异，我不骗你。"快看！"我喊道，身上的每一根神经都在颤抖，手电筒从我手里滑脱了。得，这下谁也看不见了，我赶紧把手电筒捡了起来。我吓得魂不附体，连叫

都叫不出来了。我紧握着手电筒,又照向那个地方,先是照见了仍在狂吠着的气喘吁吁的吉普,然后照见了……

"看啊,大家快看啊!快看!那儿——那儿有一个人头!"

8
糖溪帮陷入了流沙!

活这么大，我还从来没见过这么恐怖的东西——一个男人的头，就这么孤零零地躺在沼泽里。我用手电筒照着，看到脑袋上的眼睛突然眨了起来，嘴唇也动了起来。然后，我听到一个惊恐的声音大声喊道："救命！救命！"

请问，要是你看到一颗孤零零的人头出现在沼泽里，听到人头高喊救命，这声音比老索尔那拖长声调响彻整个树林的哀嚎还要可怕，你又能怎么办？

"救——救命啊！"

狗在狂吠。诗集在尖叫。小吉的爸爸也吓得不轻。蜻蜓看到这颗脑袋，大眼睛瞪得更大了。"这是约翰·提耳！他一定是在沼泽里走错了路，踏进了泥潭里。他正在往下沉呢，我们得赶紧救他上来！"

看起来，我们得采取行动，而且刻不容缓！我看着叫个不停的吉普，它也抬头看着我们，脸上一副忧虑的表情，仿佛在说："我告诉过你，我可不是什么一文不值的笨狗！我告诉过你，我可不是什么无足轻重的小东西！"

是的，沼泽地里的这颗人头的确是约翰·提耳的，乍一看还以为只是一颗孤零零的人头，但我知道，蜻蜓说得没错，他的确是在沼泽里迷了路，这不，他现在正在流沙里挣扎呢。流沙从他的脚下滑开，他就这样一直往下沉，沉，沉，一直被淹到了脖颈。这时，我看到了他的手，他往上举着手，动作很像我妹妹夏洛特·安的——她要是在小床里待腻了，想出来又出不来、懊恼得不得了时，也会这样向妈妈举着手。她会一直这样举着，直到妈妈伸出温暖呵护的手臂，把她抱起来为止。

如果贸然走过去的话,我们自己也会陷入险境,所以我们现在唯一能做的,就是稍安勿躁,先好好商量商量下一步该怎么办。

小吉的爸爸说:"我们得找一根绳子……我们得找一根树枝或者树苗,抛给他,让他可以抓住。"

但我们身上都没带斧子或砍刀,再说,也没有足够的时间。我们得先把小树砍倒,把细枝修剪完再递给他,把他拉出来。他可等不了那么久。他一直在呼喊救命,因为流沙已经淹过了他的脖子,他不得不把下巴抬高,不然连鼻子都要被淹掉了。

我们心里明白,每时每刻他都可能会沉下去,永远消失在流沙里。他就像一个在河里游泳的小男孩,拼命仰头想要浮在水面上,但还是无可奈何地往下沉,因为他的脚正在抽筋。

我生气的时候大脑会转得更快,在这紧急时

刻，我的大脑也加速转动了起来。我在想，要是他真的沉了下去，他的嘴里会灌满可怕的流沙，他会被呛死，他的灵魂会离开身体，去见上帝。他可能会永远失落，因为他是这样顽固地拒绝被拯救——就像此时此刻，如果他快要被流沙淹没却反对被人拉上来的话。借着眼前这一幕，我突然明白到，一个正在下沉的人得承认自己真的需要被拯救，也需要能救他的人。我想起世界上只有一个人能救人的灵魂，我想你一定也知道他的名字。

我为小汤姆·提耳和他的哥哥鲍勃感到惋惜。他们会怀念他们的爸爸，尽管他对他们很刻薄。我尤其可怜他们的妈妈，那个总是一脸愁容的提耳夫人，她那样任劳任怨，真是太辛苦了，要是约翰·提耳死了，也许她反而会活得轻松些——嗯，要是他死了，他就不会把她挣的钱全都独自挥霍了。有时候我妈妈会让提耳夫人帮

我家洗洗衣服，然后额外多给她一些工钱，稍微照顾她一点儿。

老约翰·提耳总是在镇上的彩票站和啤酒吧鬼混，把钱挥霍一空。他从来不上教堂，一次都没去过！

"嘿，"诗集说，"我有个办法，要是管用，保证可以够到他。"他伸手从口袋里掏出小刀，我为他打手电。他扳开小刀，没几下就把一根葡萄藤的根给切断了。

瞧，在糖溪附近，尤其是在沼泽地带和我们经常玩耍的老河口附近，树根旁会冒出一些葡萄藤。有时候葡萄藤会攀爬在树上，爬满整棵树。有些树上的葡萄藤爬得特别高，都快攀到树顶了。看得出来，诗集的确想到了一个好主意。但是，我们需要一根15到20英尺[①]长的藤条，才能把约翰·提耳救上来。

---

① 1英尺等于30.48厘米，15到20英尺约为457到610厘米。

130

当然，要是我们愿意，也可以搭一条人梯：诗集先躺在地上，我爬过他的身体，也躺在地上，然后紧紧抓住他的大脚；然后蜻蜓爬过我们两人的身体，躺下抓住我的脚，然后……但是，这样一条人梯并不牢固，说不定蜻蜓也会跟着约翰·提耳一起陷进流沙里。

我犹豫了一秒钟，多么希望杂耍也在这里，蹭蹭几下就蹿到那棵红橡树的顶端。他爬得和猴子一样快，马上就能爬到树顶，砍断藤条，我们就能接过砍下的藤条，递给约翰·提耳，及时救他的命。这些念头在我脑子里转了半分钟。然后，我立刻行动起来——爸爸平时叫我去干某件我不太想干但非干不可的事情时，我可是慢得多了。

我来不及再多考虑，一下就蹿上了那棵树皮粗糙的橡树，爬到了树顶。我紧紧地抱住树干，用双腿夹紧树干，不让自己掉下去。我腾

出一只手去掏口袋里的小刀。糟糕,口袋里的小刀不见了!

约翰·提耳一直在哀嚎着救命。小笨狗吉普一直在狂吠着,一会儿抬头冲着我叫,一会儿又低头冲着约翰·提耳叫,一会儿又兴奋地乱叫一气。我希望我的动作能更迅速,但事与愿违。这就像陷在一个噩梦里:一头疯牛在追你,你拼命想快点逃开,却发现根本迈不开腿。我就这样挂在树上,茫然无措。

这时诗集冲我大喊:"快接住我的小刀!"他猛地一甩,把小刀扔了上来。

小刀倏地一下飞了上来,但我看不清,小刀又掉进了树下的落叶堆里。小吉的爸爸也行动起来。他把他的刀握在手里,一下就上了树。他爬得很快,爬得和杂耍一样好。他把小刀递给我,一眨眼的工夫,我就把藤条切断了。

小吉的爸爸滑下橡树,片刻间,藤条就伸过

132

去，递到了约翰·提耳的手边。他没有再往下陷，也许是他的挣扎让他浮在了那里。

约翰·提耳伸出长长的手指，紧紧抓住藤条，就像一个溺水的人终于抓住了一根救命稻草！大家握着藤条开始往回拽。我一下树，也抓住藤条帮忙一起拽。

看着约翰慢慢地一点点被拉出来，被拉到安全的地方，我们感觉好极了。我心里很开心。

突然，有人喊道："嘿，嘿！小吉呢？小吉不见了！"

大家一时停止了拉拽，约翰·提耳又滑回流沙里去了。小吉不见了？我感觉心发慌，一阵天旋地转。究竟发生了什么事？小吉趁我们不注意的时候溜走了？还是他想要走过去把约翰·提耳拽出来，反而把自己陷进流沙里去了？

小吉失踪的消息让大家心烦意乱，大家手上使劲时也没了分寸，一个猛拽，最糟糕的事情

终于发生了——噢,我先是听到了吧嗒一声,然后感到手上陡然一震。最后我确确实实地知道了,因为,突然之间我失去了平衡,向后跌倒,倒在蜻蜓身上,脑袋磕在了小吉爸爸富特先生的脚上。我们跌作一团,你压着我,我硌着你——藤条断了!

9
站在安全结实的地面上

你必须马上去搭救他，不然他就要一命呜呼了；你必须马上行动，不然一切都晚了。你必须和时间赛跑——这种感觉真是糟透了。

更糟糕的是，当你在搭救一个自己不怎么喜欢的人时，却发现自己最好的朋友突然不见了，消失得无影无踪，甚至也许再也见不到他了。

我们摔作一团，手里还抓着断掉的藤条，吉普在边上兴奋地叫个不停，吵得我们不能冷静思考，全都乱了套，慌了手脚，完全不知道接下来该怎么办。这时从我们身后传来一个声音，简直是我一生中听过的最美妙的音乐。这是小吉在说话，他说："拿着，爸爸，这是我从洞口拿来的一块帆布。我们可以用它做一根绳子。"

担忧一下子就烟消云散了，我跳了起来，转过身向小吉奔过去。我们必须把帆布切成布条，拧起来，再结在一起，这样新绳子才不会那么容易断。

但我转身转得太快，以致失去了平衡，一脚跨进了危险地带——我刚回过神来，却发现自己已经陷进了流沙。我开始不停地往下陷，陷，陷，感觉脚底有一股吸力正拉着我不断下沉。

诗集站得离我最近，他向我伸出手，我抓住他，使劲把一只脚先拔了出来，只听见吱咕一声，很像一头牛在非常泥泞的谷仓院子里，从10英寸①的淤泥里把腿拔出来的声音。我马上又回到了结实的地面上。这下，我再也不敢掉以轻心了。如果不当心，我们所有人都会踏进淤泥，陷进流沙里。

小吉的爸爸很快就割开结实的帆布，编好了

---

① 1英寸等于2.54厘米，10英寸为25.4厘米。

一条绳子。

我们把绳子的一头抛给约翰·提耳,让他接住。

"嘿!"我向他喊道,"别拉得太用力!"

他不停地拉啊拉,仿佛已经惊慌失措,可能他真的已经吓得半死了。

大家抓住绳子另一头,一齐用力拉。但小吉的爸爸和诗集出的力气最多。一点,又一点,我们缓缓地把约翰拉出了流沙。拉得再近一点,他就已经来到了比较结实的地面上。刚才淤泥已经到了他齐腰深的地方,就在我刚刚不小心踏进去的旁边。我看明白了,刚才虽然失足踏进流沙,但我其实并不会遭遇灭顶之灾。

我用手电筒照着,大家上下打量着约翰·提耳。他现在这模样可真怪极了——一身的泥泞,白色的陶土、棕色的泥巴和黄色的流沙盖满他的全身,脏得一塌糊涂。他仍然一脸惊恐,而且也一定很冷，因为他正打着寒战，浑身抖个不停。

突然，我想起一个以前读过的《圣经》故事，里面的一个狱卒也浑身颤抖。他闯进牢房，来到保罗和西拉面前——这两个基督徒因为传福音，被关进了监牢。狱卒惊慌失措地问他们："我要怎么做才能得拯救？"这是个很重要的问题。保罗回答狱卒的话，在别处也适用——他说："信靠耶稣，你和你的家人都能得拯救。"保罗并不是在说，遭遇一时的险境时信徒会被拯救，他是在说，信靠耶稣的人会得到彻底的救赎，获得永恒的生命。

我的思绪到这儿就断了。约翰·提耳还在那儿抖个不停，我们必须得做点什么。小吉的爸爸说："好了，约翰，你的命算是被保住了。你要是跟我来，我可以给你换一身干净衣服。"

约翰·提耳站着没动。他开口了，话音哽

咽，就像刚刚在木屋里时一样。他说："富特先生，我下定了决心，就在刚刚——陷在流沙里，陷得越来越深，大声呼救却没人听见——我那时就下定了决心，我以后要走正道。我下定决心，今后再也不会像以前那么荒唐了。我下定决心，从今以后要上教堂。我下定决心……"

他站在那里，浑身颤抖，哽咽着说个不停，更多眼泪不停地落了下来。其中一滴眼泪落在他泥泞的右手上，正是这只手，去年夏天攥成了一只拳头，狠狠揍在我的下巴上，把我打得七荤八素。

"我下定决心，"他继续抽抽搭搭地说，"要为我的儿子们树立一个好榜样。我要做一个好人，追随耶稣。"

他的转变是一件了不起的事。听到这个坏家伙能说出这么一番话，我感到很高兴。

但是小吉爸爸的回答让我大吃一惊，他说：

"这很好，约翰。你能这么说，糖溪镇的很多人都会为之高兴。但是约翰，你要知道，光是这样，你还没有得到救赎。"

我们向富特先生家走去，因为约翰·提耳快冻得不行了。我们穿过树林，抄了条近路，一路上小吉的爸爸向他作解释。我们的脚步声咯吱咯吱，响了一路。约翰·提耳的靴子也咯吱作响，因为里面灌满了水。他一身泥泞，看上去可怜巴巴的。我希望警察不要来把他抓走。我希望他这回说的话是真的，他真会说到做到，改邪归正。

小吉的爸爸说了这么一句话："只是做个好人，还不能拯救你，约翰。你不能以这样的方式追随耶稣，获得救赎。"

我们四个男孩都仔细听着，虽然不怎么明白，但都没有出声。

"道理是这样的，约翰，"小吉的爸爸

说,"设想一下,当你陷在流沙里,泥水一直淹到你的下巴,而我站在安全结实的地面上,对你喊:'快过来,约翰·提耳!改过自新吧!跟随我,我会带你回家。瞧瞧我,站得又高又直,站的地面是多么结实!快过来,跟我回家吧!'"

约翰·提耳沉默了,好一会儿都不搭腔。周围寂静无声,只听得见我们快步穿过树林那嘎吱嘎吱的脚步声,以及枯叶被踩在脚下的沙沙声。走过某处干燥的地方时,干燥的落叶还会在脚下发出咔嚓的脆响。这让诗集想起了课本上的一首诗。我们落在后面,所以他背诗不会影响到富特先生和约翰·提耳的交谈,他背道:

玉米穗儿脆邦邦,
捻在手里沙沙响。

然后我们继续倾听他们的交谈。

富特先生说:"要是我这么对你说,你肯定觉得我疯了。要知道,你必须先得救,然后才能跟着我回家。"

听见这句话,我的脑袋里仿佛亮起了一盏小灯。我突然彻底领悟了,一个人要如何才能真正得救赎。任何一个人想要得到救赎,上天国,追随耶稣回家,除非他先得到拯救,否则根本办不到。首先,他得从流沙里被救出来。我竭力向小吉解释说:"首先,你必须被救出那堆流沙。"

我讨厌说出罪孽这个词,尽管这个词在《圣经》中很常见,而且世上每一个人其实都是罪人。

小吉隔着一小丛野玫瑰回答说:"首先,你必须被拯救出罪孽,然后,你才能追随耶稣。"这个小家伙说得对极了。这时,我们望见

了小吉家的房子，窗户里透着灯光，虽然并没有真正看清，但他家的收音机就放在窗边，所以我认为小吉的妈妈正坐在收音机旁。我们很快就能走到他家了。

这时，我们走到一个木栅栏旁。大家翻了过去，爬进了一条深沟，穿过长长的枯草丛，夏天的时候，栅栏边上就长满一长溜绿油油的青草。我们上了那条窄路，路过红砖砌的学校，我们糖溪帮就是在这里上的学，小吉家就在眼前了。

我们又翻过了一座小山，才算走到了小吉家门口。富特先生打开木门，我们正要走进去，两道光柱亮起，一辆汽车从我们刚刚走过的那条路上拐了过来。

汽车开得很快。它一路开过那座架在糖溪支流上的木桥，开到富特家谷仓的小道上，拐了进来，一个急刹车，一束很亮的探照灯照了过来，照亮了我们每一个人。

　　灯光把四周照得像白天一样亮，我们站在窄窄的木门边，一下全都站住了。

　　"是警察！"诗集用沙哑的嗓音小声对我说。

　　我以为约翰·提耳会再次受惊，转身逃跑。我以为他会跑上那条马路，跳进支流里逃跑。

　　但是约翰·提耳却说："是——是警察，他们是来追我的。没关系。我已经准备好跟他们走了。我已经准备好了！"

　　还没等车里的警察叫他举起手来，他就主动把泥乎乎的双手高举在空中，走出那扇小门，向那束探照灯走去。他高声向警察喊道："我自首！"

　　一个警察打开车门走向他，把他双手铐在背后，就要把他押上警车。

　　这时小吉的爸爸说话了："伙计们，约翰·提耳已经向你们自首了，他愿意今晚跟你们

145

去监狱,但他刚刚在沼泽里迷了路,身上都是泥水。我想先带他进我家,让他好好洗个澡,吃点东西,换身衣服。我有一件外套,他正好穿得下。他一休整好,我会马上把他带到监狱,交给你们。或者我会在明天早上把他带来。他今晚可以在我家里过夜。"

我脑子里闪过了一个念头:鲍勃·提耳就住在富特先生家里,因为富特先生是鲍勃的假释官。

大多数警察在拘捕犯人的时候都是很客气的,即使他们有时候不得不表现得很严厉。这个警察说:"他不需要在这里洗澡,监狱里有浴室。至于衣服,我们有条纹囚衣给他穿。约翰·提耳,"他转过身,对冷得发抖、一声不吭的约翰·提耳说,"赶紧爬到车子后座上去!"他的声音并不严厉,但很严肃。

提耳先生犹豫了一下。他看了看小吉的爸

爸,又扭头看了看我们其他人,然后,他用颤抖的声音——也许是因为冷,也许是因为心有余悸——说道:"孩子们,我从来没帮过糖溪帮任何忙,但你们的善行让我明白,你们是一群男子汉。我很骄傲,我的儿子汤姆是你们中的一员。我很感动,你们善待我的儿子鲍勃。我很感激,你们奋不顾身地救我。这件事,我不会轻易忘怀的。我很感激你们。现在……"

说到这里,约翰·提耳说不下去了。我听到手铐在他的手腕上咔哒作响。我长这么大,还从来没有为别人这么惋惜过。虽然这惩罚是他应得的,我还是很为他惋惜,但我们对此也无能为力。

夜空中的乌云早已开始消散。当云层散开之后,月光穿透光秃秃的树枝照在庭院里,照在约翰·提耳的脸上。我暗下决心,要遵循上帝的教导,要用爱心去感化约翰·提耳,要善待他。我

想要说些什么,但那些话哽在我的喉咙里。我就像一只在春天的糖溪边放声鸣叫的青蛙,叫着叫着突然哽住了,着急地发出咔咔咔的声音,和男孩扔石头击打锡罐发出的声音一个样。最后我终于说出了声,却是这样一句话:"约翰·提耳——提耳先生,小汤姆是我最好的朋友,我非常喜欢他。"

那个警察生硬地说:"好了,约翰·提耳!别再抽抽搭搭了。坐到后座上去。"

我们帮不上他的忙,只能眼睁睁看着他转身离去,坐进车里,车门砰的一声关上。开车的警察一踩油门,马达加速,黑色的大轿车倒出了车道。轿车继续向前开,下了小山,开过支流上的小木桥,上了峡谷另一边的小山。很快,车子的两盏尾灯就变成了小山顶上两颗红色的小星星。

就这样,约翰·提耳被警车载着直奔监

狱而去。

　　事后我才得知，约翰·提耳之所以没有在流沙里一沉到底，是因为当流沙淹到他的下巴时，他的脚正好踩到一块石头，他小心翼翼地站在上面，保持着平衡。我们花了很长时间才把他救上来，要是没有那块石头，他早就被流沙吞没了。这难道不是上帝的保佑吗？

10
回家棒极了!

　　约翰·提耳直奔监狱而去。不一会儿，糖溪帮——其他几个男孩还没回来——坐进了小吉爸爸的车，踏上了回家的路。糖溪帮这次的故事也到了尾声。

　　坐在小吉爸爸那辆老式汽车里，我一直在琢磨，明天我爸爸会对帕老头说些什么呢？

　　小木屋一点点在我脑海里浮现：屋顶的隔板，地窖里的后门，墙上挂着的燧发枪，那只用来装火药的盖着盖子的小牛角，墙边那张干净整洁的小床，通往阁楼的木梯等等。汽车一路奔驰，我一直翻来覆去地想着那幢小木屋。

　　小吉也坐在车上。他爸爸说了，要是他喜欢的话，也可以一起来送我们。蜻蜓和诗集坐在后座上，因为他们也和我一路。

　　我们驶过支流上面那座嘎吱作响的木桥，那

辆刚刚开过的警车就在我们前方，已经开到了小山顶上，两盏红色的尾灯就像两颗深红色的星星。我们一路开上小山，沿着那条小道来到了那片玉米地，对面就是我们的家了。

我们在一棵高高的枝条繁密的榆树旁左转，在夏天，树下的一大片浓荫可供很多男孩子乘凉、玩耍。但我们很少到这棵树下玩。因为这棵树不太友好。它的枝丫太高，树干太粗，我们谁也爬不上去。就连杂耍都没爬过，他也懒得爬。糖溪边上的每一棵树都属于我们，都为我们而长，但只有这棵树不是。

我们在这里转弯，开到去年爸爸种的玉米地的尽头，再次左转，向前开到柯林斯家的门口。我坐在前排，小吉坐在我和他爸爸中间，车道尽头就是我家的房子。厨房的窗户里透着亮光，妈妈和爸爸正等着我回家。我迫不及待地要把刚刚发生的事都告诉他们呢。

回家真好,棒极了!

很快,富特先生的车停在了我家前门口,停得离邮箱不远,邮箱上刷着几个字:西奥多·柯林斯,这是我爸爸的名字。车前灯照亮了那几个字,我很为爸爸感到骄傲。

我爬出车厢,回头说道:"晚安,富特先生。非常非常感谢您!"小吉已经昏昏欲睡,斜躺在他爸爸身上。后座上的诗集和蜻蜓还醒着,但我凑近蜻蜓的大眼睛,看得出来他也很困了。

有那么一会儿,我完全忘掉了早晨补牙的事情。我向他们告别:"大伙儿回见了!"我转身拉开门闩,走进了前门。入夜之后,爸爸总会记得把门闩拉上。

我走过庭院里的小径——妈妈想要一块漂亮的草坪,所以他们不允许我乱踩,只能规规矩矩走在小径上。我又转上那条宽路,向后门口走

154

去，在路边的水泵旁停了下来。

我抬起水泵的把手，往下一压，只听下面传来一阵咕噜咕噜声，一股清澈的井水涌了上来，折射着晶莹的月光。水流进马儿饮水的木槽里，漾起细小的涟漪。老密西有时也会从木槽里喝水。

我放下把手，朝后门的门廊走去。又停了一下，回头望了一眼月亮，月亮高高地挂在澄澈的夜空里，皎洁的半个月亮上面好像分布着一些大陆的形状。我琢磨着，正是这同一个月亮，此刻照着帕老头的小木屋；正是这同一个月亮，此刻也照着监狱里的约翰·提耳，这会儿他大概在洗澡吧。

月亮上那些阴影跟地球仪上的大陆像极了。我继续遐想着，正是这同一个月亮，此刻也照耀着加勒比海北部那个毛毛虫形状的棕榈树岛。要是我能乘着飞机飞过云层，在月光笼罩之下

跨越茫茫大海，糖溪帮所有的男孩都围坐在我身边，那该多好啊。仅仅是遐想一下这样的飞行，就觉得很美妙呢。

后门的门闩咔嗒一声，门开了。纱门也打开了，门轴的弹簧发出嘎吱一声响，熟悉而亲切。爸爸瓮声瓮气的大嗓门像一只在糖溪边鸣唱的牛蛙，他兴高采烈地喊道："比尔·柯林斯，欢迎你回家！"

我抬头一看，只见他身穿条纹睡袍站在门口。我真高兴再次见到他。

我进了屋，刚把门关上，就听到妈妈在起居室另一头的卧室里叫道："瞧，我的宝贝回家了。今天晚上玩得开心吗？别……"她赶紧抬高音量，加了一句，"现在别忙着告诉我。我现在太困了，明天早上再讲给我们听吧！"

她越是这样，我越是想马上就把追猎发生的趣事一股脑儿倒给他们。我刚开始讲，立刻被爸爸打断了:"比尔·柯林斯,现在已经过了午夜了。你得赶紧上床睡觉,明天上午10点,牙医就要在你的牙齿上凿洞了,在此之前,你可睡不了多长时间了。"

唉!哪壶不开提哪壶嘛,干吗又要提这件事来扫我的兴……

"什么?"我不禁追问,"上午几点来着?"

爸爸大笑了起来,说:"你走后,我又给梅仑医生打了个电话,告诉他星期六早上8点实在是太早了点,况且你星期五晚上还要去参加追猎。所以他查看预约登记表之后,给我回了个电话。他说他取消了一个预约。约翰·提耳本来预约了明天10点,但估计他是来不了了,所以……"

我谈话的兴致又来了,因为我明天不用起得那么早。妈妈也挺高兴。我说起来可没个完。不过,我还是留了点儿话到明天再说,因为我

讲故事的时候绘声绘色,不停地学猎狗们的嚎叫、吉普的狂吠,爸爸妈妈可不希望我把夏洛特·安吵醒。

第二天早晨也棒极了。我接着把现在你所读到的这个故事,全都给爸爸妈妈讲了一遍。

然后,爸爸带我去牙医诊所。

"要多久?"他问梅仑医生,而我躺在躺椅上,嘴巴大张着,梅仑医生把一面长柄的小镜子伸进我嘴里,来回照着,好看清楚在哪里下钻头。

他看了看手表,说:"不会太久。也许30分钟。"

"那我等着。"爸爸答道。他又对我说:"要是你愿意,可以跟我一起去帕老头那里。"

啊,我当然愿意。要是帕老头真的愿意送糖溪帮出国去玩,我暗想,这将是我有生以来第一次跨出国门。这也将是我第一次乘坐飞机,跨过大洋!

哈,我可迫不及待呢!

附 录

糖溪帮告诉你什么样的狗适合追猎

不是什么狗都擅长追猎的——蜻蜓的吉普是条好狗,但追起浣熊来,就不像杂耍爸爸的狗老保尔和老索尔那样在行了。什么样的狗适合追猎呢?

首先,猎狗必须有灵敏的视力、听力和嗅觉,在夜里也能分辨路况,大家都看不见猎物时,它们用鼻子贴着地面,一路追踪猎物的踪迹。其次,猎狗要很清楚自己的追捕目标,在追浣熊时,不管眼前跑过多少只负鼠,都不能扰乱它们的注意力。

猎狗还要能分辨和明白主人的口哨声、呼喊声和手势,它们也会用自己的方法告诉主人:"猎物在这里!"

最后，猎狗必须愿意舍弃追到手的猎物，把它交给主人。老保尔和老索尔追到浣熊后没有随自己的意思乱咬。因此比尔夸赞它们说："杂耍的爸爸把猎狗训练得非常好。"

糖溪帮 守则

1. 糖溪帮每个人都承担家务。我们是家里的一员，我们愿意承担责任。
2. 糖溪帮体恤父母，尽量不让他们着急，惹父母生气不是酷，不惹父母生气才真酷。
3. 糖溪帮各个都不是胆小鬼，但我们不相信打架能解决问题，我们有自制力。
4. 糖溪帮不莽撞行事，碰到危险和紧急情况我们会保持冷静和理智。
5. 糖溪帮不说脏话，不随波逐流。
6. 糖溪帮对弟兄们信守承诺，我们认为诚实是美德。
7. 糖溪帮尊重女生，糖溪帮认为欺负女生是无聊的表现。
8. 糖溪帮每周都去教会，我们相信《圣经》，我们有坚定的信仰。
9. 糖溪帮看重智慧，热衷于学习各种知识和技能。
10. 糖溪帮有同情心，乐于帮助他人。